나는 지금 지구별을 타고 태양을 한 바퀴 돌고 있다

나는 지금 지구별을 타고

태양을 한 바퀴 돌고 있다

임영석 지음

문연
Literary Solidarity

2016년 희망퇴직을 한 이후 원주신문에 기고했던 글들 중 40편을 골라 산문으로 재구성해 묶었다. 내 부족한 글을 누가 읽겠는가 싶은 생각이 앞서고 걱정이 되는 게 솔직한 심정이다. 그럼에도 용기를 내보는 건 우리 사회가 제시하는 삶의 방법이 부의 축적 쪽으로 일률적이고 획일적이게 너무 집중돼 있어서다.

그래서 '나는 이렇게도 살고 있다'고 말하고 싶은 마음에 기록해 둔 글들을 내어놓게 되었다. 한편으로 '우리가 왜 시를 읽어야 하는지', '어떤 상황에서 어떤 시들이 효용한 가치의 감정을 유발하는지', 그 감성을 전하기 위함도 있다. 신문지면을 통해 다 소개할 수 없었던 시들을 전문으로 풀었고, 기고문 형식의 표현도 좀 더 사실적으로 풀어썼다.

내 사족으로 남겨질 일을 저지르는 꼴이지만 용기를 내 본다. 나는 논산공업고등학교를 졸업한 것이 학력의 전부다. 시 쓰기에서도 높은 벽을 마주한 적이 있으나 세상의 벽은 더 높았다. 나의 몸짓은 이러한 사회적 구조를 향한 계란으로 바위 치는 격의 몸부림에 지나지 않을 것이다. 하지만 변방의 아웃사이더 시인 임영석의 살풀이춤 정도로 봐주길 바란다.

　　모든 것에 감사하고 나의 용기를 지지해 주신 분들과 산문에 시의 인용을 허락해 주신 많은 선생님들께 감사드리며 뜨거운 연대의 팔뚝을 걸고 싶다. 그리고 〈님을 위한 행진곡〉을 함께 부르고 싶다. "사랑도 명예도 이름도 남김없이 한평생 나가자던 뜨거운 맹세 동지는 간데없고 깃발만 나부껴 새날이 올 때까지 흔들리지 말자 세월은 흘러가도 산천은 안다 깨어나서 외치는 뜨거운 함성 앞서서 나가니 산 자여 따르라 앞서서 나가니 산 자여 따르라" 모처럼 부르니, 참 좋다.

2022년 봄에
임영석

차례

바다를 보며   11

자연이라는 큰 경전(經典) 앞에서   17

받아쓰기   23

하늘 같은 나무들   28

1년 365일   34

혼자 노는 시간   40

누구나 공평한 것들   47

누구나 하지만, 누구나 할 수 없는 일이 취미다   54

연등(燃燈)을 바라보며   60

가족   64

도란도란, 소곤소곤   70

친구   76

10월, 독서 이렇게 하자   81

이제 용서하고 용서받자   87

죄(罪)   94

사라지는 것들에 대하여   100

연말연시(年末年始)에   107

세월을 엿보다   114

우리나라 풀이름   120

태풍   127

섬과 시인   133

풀꽃 시인 나태주   146

인문학 열풍에 대하여   152

사람과 자연의 차이점   158

백수(白水) 선생님을 그리며   164

아무도 울지 않는 밤은 없는가?   170

일제강점기 민족반역 문학인에 대하여   177

술에 대해서   185

채송화, 봉선화를 생각하다   191

참꽃   196

물과 불 202

마당이 있는 집 207

맹꽁이 소리 212

아파트 이름에 대하여 218

아무리 힘들어도 희망의 바이러스는 반드시 있다 225

5월의 노래들 232

크리스마스를 추억하며 238

한글은 소통의 말이다 246

입학식 252

반려동물에 대하여 258

바다를 보며

파도는 수평선 하나를 긋기 위해 바닷가 해안선에 제 몸을 끝없이 묶어 놓는다. 하얗게 부서지는 포말의 파도가 멋스럽고 아름답고 낭만스럽게만 보이는 사람에게는 보이지 않는 바다의 진짜 모습이 있다. 파도가 넓은 바다의 수평선을 단단하게 묶어 놓아야 바다는 바다답게 아름다워진다. 그 아름다움을 지키고 가꾸는 것이 파도의 몸짓이다. 때에 따라서는 태풍 같은 큰 바람을 몰아 사람의 걸음을 경계한다. 그런가 하면 바닷물의 온도가 조금만 높아지면 바다도 아파하며 사람의 피부처럼 적조현상이 일어나 어패류들이 살 수 없는 환경이 된다.

내 나이 60을 바라보니 세상 돌아가는 모습이 바다 같다는 생각이 종종 든다. 누군가는 망망대해를 가기 위해 범선을 띄우는가 하면, 누군가는 제 몸 하나 즐기기 위해 파도에 몸을 맡긴다. 누군가는 바다의 파도가 끝없이 묶어 놓고 가는 수평선을 보며 세상에서의 삶의 거리를 확인한다. 누가 있어 바다를 제대로 보았는지는 알 수 없지만, 각자가 자기 방식대로 바다를 바라보며 즐기면 된다. 바다를 보는 방식이 따로 있는 것도 아니고, 바다를 이해하는 법이 따로 있는 것도 아니다.

그러나 분명한 것은 수평선을 바라보는 사람에게 떠오르는 태양은 빛나는 꿈과 희망을 가슴에 지니게 한다는 것이다. 과학적으로야 지구가 태양을 자전하면서 일어나는 현상이지만, 사람들은 과학적 시선으로 바다를 바라보지 않는다. 그래서 태양이 떠오른다고 말한다. 이런 시대에 꿈꾸는 일은 비현실적이라고 말하는 사람도 있다. 이상적인 현실은 하루를 살아가기 위해 생활에 필요한 것들을 더 먼저 염두해야 한다. 그럼에도 현실적인 것을 뒤로하고 바다의 수평선을 바라보는 것은 사람의 가슴에도 태양처럼 밝은 꿈과 희망이 담겨 있기 때문이다.

　바다는 그리움이 필요한 사람에게 그리움의 파도를 가져다준다. 사랑이 필요한 사람에게는 끊임없이 고백하는 방법을 가르쳐준다. 믿음이 필요한 사람에게는 변하지 않는 진실을 가르쳐준다. 평등을 모르는 사람에게는 드러나지 않는 희생을 통해 수평선과 같은 평등의 아름다움을 일깨워준다. 사람이 살아가면서 가슴에 새겨야 할 마음 자세를 바다는 날마다 보여 주는 것이다. 그러나 사람들이 바다가 전하는 이 숭고한 진실을 얼마나 간절하고 깊고 뜨겁게 받아들이며 살고 있는지는 모르겠다.

　많은 사람들이 처음에는 세상의 소금이 되겠다고 정치판에도 뛰어든다. 그러나 묻고 싶다. 얼마나 열심히 세상의 수평선이 되기 위해 살아왔는지. 가난하고 힘없는 사람의 삶을 위해, 얼마나 평등한 세상을 만들기 위해 힘썼는지. 진심으로 삶의 진실을 외쳐보기는 했는지? 마치 바닷속의 물고기를 낚기 위해 꼼수만 부리듯 정치만을 위해 삶의 바다를 바라보지는 않았는지? 자기 출세를 위해 국민을, 시민을 디딤돌 정도로만 생각한 것은 아닌지? 묻지 않을 수 없다. 우리가 살아가는 세상은 망망한 바다와 같다. 한 사람 한 사람이 해안선에 서서 바다의 수평선을 묶고 있는 파도인 것이다.

바다의 깊이를 재기 위해

바다로 내려간

소금인형처럼

당신의 깊이를 재기 위해

당신의 피 속으로

뛰어든

나는

소금인형처럼

흔적도 없이

녹아버렸네

– 류시화 시 「소금인형」 전문

류시화 시인의 「소금인형」이라는 시이다. 바다의 깊이를 재기 위해 소금인형이 바다에 내려가 녹아서 바다에 짠맛을 보태기 때문에 바다가 변하지 않는다고 말한다. 사람의 사랑도 소금인형 같은 마음을 사랑하는 사람의 가슴에 녹여야 사랑이 변하지 않을 것이다. 세상은 변화시키는 것이 아니라 변하지 않게 지키는 것이다. 소금인형이 바다가 변하지 않게 제 몸을 녹여 지켜내듯이 나는 내 마음의 바다에 얼마나 많은 소금인형을 녹여 왔는가 생각해 보면, 내 마음의 질량이 나를 지키는 순도임을 느낀다.

아무리 많은 시를 읽어도 詩가 세상을 변화시키지는 못한다. 그러나 나는 詩가 바다의 파도처럼 끝없이 사람의 가슴을 출렁이게 만든다고 믿는다. 태양을 떠오르게 만들어 꿈을 갖게 하고, 소금인형처럼 자신의 몸을 녹여 세상이 변하지 않게 만들고 있다고 믿는다. 시는 바로 바닷속의 소금인형이다. 그런 점에서 내가 바라보는 바다는 꽃밭이다. 파도가 꽃이고, 그 파도의 꽃을 피우기 위해 해가 떠오른다. 내가 바다를 바라보는 이유는 바로 망망한 그 끝을 수평선이 잡고 있는 것을 보았기 때문이다. 그 수평선을 바라보는 일 하나만으로도 충분해 바다를 본다.

파도도 꽃이라면 꽃이다
흰 물보라를 게거품처럼 물고
절벽을 향해 달려드는 모습이
이미 제 몸에 불이 붙어
무엇이라도 태워버리겠다는 자세다

절벽은 파도의 아픈 비명을 껴안고
허공에 가지가지 파도의 꽃을 피운다
꽃의 줄기가 따로 없다
허공이 다 꽃의 줄기다
때문에 씨앗도 허공에 뿌린다

절벽에 앉아 쉬던 갈매기가
꽃의 씨앗을 물고 날아가 앉으니
온 바다가 너울너울
꽃밭이다

- 임영석 시 「파도」 전문

자연이라는
큰 경전(經典) 앞에서

나는 평생 업(業)을 생각하고 글 쓰는 것을 운명으로 받아들이며 살고 있다. 돈 되는 일은 아니어도 돈 버는 일보다 행복하고, 나(我)를 찾아가는 삶의 걸음은 언제나 가볍고 자유롭다. 세상일에 감 놔라 떡 놔라 하지 않고 살아갈 수 있고, 이윤 때문에 다툼을 벌일 필요도 없으니 행복하다. 직장 생활 30년을 하면서 아침이면 출근하여 저녁이면 퇴근하였다. 글쓰기가 업이 된 지금은 출근 시간도 자유, 퇴근 시간도 자유. 동료들과 친목을 도모한다며 불편한 술자리에 참석하여 얼굴을 비출 필요도 없다.

나의 글쓰기는 직장이나 학교, 상점처럼 특별한 공간이

필요하지 않다. 두 다리가 가는 곳이 내 직장이고, 두 팔이 움직여 가리키는 곳이 동료들이다. 보통의 사람들 대다수가 먹고사는 문제에 봉착하여 세상을 살고 있다. 더구나 요즘은 '코로나바이러스 감염증-19'라는 질병이 이곳저곳에서 창궐해 마음대로 여행도 못 가고, 행동반경도 조심해야 하니, 목에 목줄을 하고 살아가는 형국이다. 이 절체절명의 답답한 세상을 살면서 그래도 내가 스스로 선택하여 글만 쓰고 살아가는 일이 한편으로 참 잘된 일이지 싶다.

나는 '자연'이라는 큰 경전을 읽고 배우며 살고 있다. 바윗돌이 어디 하루 이틀에 만들어졌겠는가 싶고, 이 지구의 생성이 45억 5천만 년 전이라 하니, 돌 하나, 흙 한 줌이 경전이 아닐 수 없다. 값비싼 예술품만 역사적 유물인 양 인식하고 살아가는 세상에, 그 예술품보다 더 귀한 자연이라는 경전을 펼쳐 배우고 살아가는 일은 글을 쓰는 내게는 가장 좋은 학교이자 가장 큰 진리의 마음을 배우는 곳이 아닐 수 없다. 나는 별다른 학교도 졸업하지 못했다. 공업고등학교 졸업이 나의 최종 학력이다. 그 학력으로 나는 자연이라는 학교에 입학해 졸업장도 학력 인정받지 못하지만, 자연

학교에서 배운 것들을 바탕으로 글을 쓰며 산다. 거창하고 유명한 대학을 졸업해야 좋은 글을 쓴다고 생각하지 않는다. 물론 창작학과에 지원하여 체계적으로 공부를 하는 것도 좋겠지만, 자연에서 핀 야생화처럼 나는 홀로 꽃을 피우고 있다. 그래서인지 지난 40여 년 동안 복수초(福壽草) 같은 삶을 살아왔다.

학교 공부는 인위적인 공부일 수밖에 없다. 이미 통계적인 학습 방법을 전하는 곳이기 때문이다. 자연 속에서 배우는 공부는 자연이 오랜 시간 자기 학습을 통해 축적한 것만 가르쳐 준다. 듣는 것도 자유이고, 보는 것도 자유이다. 또한 잠을 자든 눈을 감든 자연이 들려주는 학습에는 질책이 없다. 시험을 잘못 보았다고 낙제를 걱정할 필요도 없다. 일등을 하든, 꼴등을 하든 자연은 마음대로 공부를 하라고 한다. 내 공부가 덜 되어 자연의 메시지를 알아듣지 못할 때가 많지만, 내가 못 알아듣는다고 야단치지 않는다. 김소월 시인도 그런 자연의 모습을 잘 읽어냈다.

산에는 꽃 피네

꽃이 피네
갈 봄 여름 없이
꽃이 피네.

산에
산에
피는 꽃은
저만치 혼자서 피어 있네.

산에서 우는 작은 새여
꽃이 좋아
산에서
사노라네.

산에는 꽃 지네
꽃이 지네
갈 봄 여름 없이
꽃이 지네.

– 김소월 시 「산유화」 전문

김소월 시 「산유화」를 읽어보면 대자연의 경전을 그대로 옮겨 놓은 듯하다. 이런 자연의 모습을 어디에서 배웠을까 싶다. 대자연이 주는 말이 아니고는 알아내지도 못할 것이다. 또 듣지도 못할 것이다. 탐험가들이 새로운 세상, 사람의 발길이 닿지 않는 곳을 찾아가는 것도 대자연의 숨소리를 듣기 위함이다. 흙이나 바위, 모래, 물 같은 것은 이 지구상에 가장 오래된 고전 중의 고전이다. 사람이 인위적인 글로 설명할 수 없는 내용을 담고 있다. 그래서 읽는 이에 따라서 사막이 되고, 정원이 되고, 지옥이나 천당이 되기도 한다. 그래서 자연을 이 세상에서 가장 큰 경전(經典)이라고 말 할 수 있다.

물은 모든 생명들이 목을 축이게 해주고, 불은 추운 겨울을 이겨내도록 따뜻한 온기를 준다. 바람은 시시각각 자연의 걸음을 재촉하고 꾸짖지만, 이 바람마저도 세월이 흐르는 감각을 선물한다. 자연 학교에서 자연 경전을 펼쳐 읽다 보면 생명이 무엇인지, 죽음이 무엇인지, 자연스러운 흐름이 무엇인지, 멈춤이 무엇인지, 고통이 무엇인지, 즐거움이 무엇인지 등에 대해서 상세하게 보여준다. 이런 학교를 놔

두고 비싼 학비를 내가면서까지 머리 싸매고 공부를 하는 이유가 무엇일까? 아마 그것은 학력을 지렛대처럼 사용해 세상에서 살아남기 위함일 것이다. 지렛대를 사용하면 큰 힘을 들이지 않고도 무거운 돌을 흔들 수가 있다. 그러나 돌을 흔든다고 그 돌의 무게를 온전히 가슴에 품을 수는 없다.

꽃잎 하나 피고 지는 이치가 어떤 학습으로 깨우쳐진다면 백 번 천 번 배워야 할 것이다. 자연은 백 번 천 번, 보고 듣고 말하는 자에게만 제 목소리를 들려준다. 45억 5천만 년이 된 이 지구가 나에게는 어떤 글보다도 훌륭한 의미들을 담아 놓았다가 꺼내 보여 주고 있는 것으로 보인다. 이 자연 학교에 입학한 대부분 사람은 자연 학교의 졸업장보다는 사람 학교의 졸업장에 더 눈독을 들인다. 그것은 자연이라는 경전의 두께가 너무 두껍고, 읽고 배우는 데 오랜 시간이 걸리기 때문일 것이다. 그러나 나는 오랜 시간이 걸린다 해도 자연이 주는, 자연이 말하는 자연의 위대한 경전을 단 한 줄이라도 제대로 읽었다고 말할 수 있는 시인이고 싶다.

받아쓰기

나는 '받아쓰기'라는 말에 대해 많은 생각을 한다. 받아쓴다는 것은 소리 또는 음을 받아쓰는 일이다. 서예의 글씨를 받아쓰는 일도, 용돈을 받아쓰는 것도 모두 '받아쓰는' 일이다. 그러니 받아쓰는 일은 그대로 보고 들은 것을 옮기는 일과 재물 등을 물려받아 쓰는 일을 포함한다.

그러나 수억 년 지구의 역사를 뒤돌아보면 받아쓰는 것은 자기 종족을 남기는 일로, 유전학으로 분류되는 일이기도 하다. 풀은 풀로, 나무는 나무로, 동물은 동물로, 사람은 사람으로, 이 지구에서 지속적으로 살아남는 방법을 물려받는 일이야말로 가장 진실한 삶의 받아쓰기인 것이다. 그러한 마음에서 쓰게 된 시가 바로 「받아쓰기」 시이다.

내가 아무리 받아쓰기를 잘 해도
그것은 상식의 선을 넘지 않는다
백일홍을 받아쓴다고
백일홍 꽃을 다 받아쓰는 것은 아니다
사랑을 받아쓴다고
사랑을 모두 받아쓰는 것은 아니다
받아쓴다는 것은
말을 그대로 따라 쓰는 것일 뿐,
나는 말의 참뜻을 받아쓰지 못 한다
나무며 풀, 꽃들이 받아쓰는 햇빛의 말
각각 다르게 받아써도
저마다 똑같은 말만 받아쓰고 있다
만일, 선생님이 똑같은 말을 불러주고
아이들이 각각 다른 말을 받아쓴다면
선생님은 어떤 표정을 지을까
햇빛의 참말을 받아쓰는 나무며 풀, 꽃들을 보며
나이 오십에 나도 받아쓰기 공부를 다시 한다

환히 들여다보이는 말 말고

받침 하나 넣고 빼는 말 말고

모과나무가 받아쓴 모과 향처럼

살구나무가 받아쓴 살구 맛처럼

그런 말을 배워 받아쓰고 싶다

– 임영석 시 「받아쓰기」 전문

이 '받아쓰기'라는 관점으로 세상을 바라보면 많은 것들이 정리된다. 진보와 보수라는 이념의 논리가 왜 그렇게 색깔이 달라 보이는지, 물과 흙은 왜 다른지, 아이와 어른은 왜 다른지, 그 구분이 명확하게 이해된다. 그러나 받아쓰기를 유전적 관점이 아닌 사람 삶의 도덕적 규정으로 바라보면 많은 것들이 제약을 받는다.

벌과 꽃들 사이에서도 받아쓰기는 치열하다. 벌은 꽃의 꿀과 꽃가루를 끝없이 받아서 자신의 양식으로 사용한다. 이 꿀이 새로운 벌을 만들어내는 받아쓰기의 받침이 되는 것이다. 꽃은 꿀을 주고 씨앗이 맺힐 수 있도록 만든다. 이 과정이 없다면 꽃은 꽃의 향기를 받아내지 못한다. 자연은 이렇게 햇빛과 바람, 계절적 환경에 따라 끝없이 자연에 적응해 삶의 방식을 받아쓰며 생존한다.

요즘 우리 사회는 인구 절벽에 직면해 있다. 결혼 정년이 사라지고 혼자 사는 1인 가족이 늘고 있다. 받아쓰기 관점에서 보면 자연의 이치를 거스르는 일이다. 그런 점에서 받아쓰기는 유전적 환경으로 접근을 하면 이해가 쉽다. 개나리는 꽃의 씨로 번식하는 것이 아니라 줄기로 번식한다. 지금이야 남녀가 결혼해서 아이를 낳고 있지만, 미래엔 개나리처럼 세포만 갖고도 사람으로 태어나는 세상이 될 것이다. 1인 가족이 늘어나는 추세로 보아 마치 개나리가 꽃의 씨로 번식하지 않는 것처럼, 미래에는 사람의 세포만으로 번식해야 하는 그런 날이 올 것이다. 이러한 예측도 인구 절벽 시대에 받아쓰기의 또 다른 방법일 수 있다.

나의 「받아쓰기」라는 시는 유전적 흐름을 통해 자연을 바라보는 일을 묘사한 것이다. 자식에게 교과서적인 지식만 받아쓰라고 강요한다면 미래에 가서는 그러한 받아쓰기에만 급급하고, 살아가는 데 필요한 지혜와 실질적 방법은 더디게 습득할 것이다. 이를 해결하려면 행복한 삶의 모습이 무엇인지 그것부터 받아쓰도록 알려주어야 한다. 곰팡이 균이 번식하는 것을 보면 습기 하나로도 그 생존의 유전이 이어진다. 보고 듣고 느낀 대로 행동하며 살아가는 게 사람의 삶이다. 살면서 부모는 자식에게 삶을 잘 받아쓰도록 알려주어야 한다. 그래야 그 자식도 행복한 삶이 무엇인지 잘 받아쓰며 살 수 있다. 그러한 삶이 지속될 때 행복한 가정도 유지될 것이다.

자연은 그런 점에서 훌륭한 말만 받아쓰고 있다. 좋은 씨앗을 남기기 위해 나팔꽃은 덩굴을 감아 올라가 햇빛을 더 많이 바라본다. 철새들은 수만 리 거리를 날아와 한 철 살고 떠난다. 모두 제 나름의 받아쓰기를 익히고 배운 덕에 가능한 일이다. 받아쓰기는 우리들 삶의 가장 기본적인 행동 양식이고, 유전적으로 생태환경을 극복하는 방법이다. 그 받아쓰기를 나는 늘 배우고 익히는 중이다.

하늘 같은 나무들

　우리 사는 주변을 둘러보면 참 많은 자연의 구성물이 사람 삶의 모습을 지켜보고 있다. 사람의 삶으로는 도저히 기억할 수 없는 것을 가슴속 깊이 간직한 것들이다. 돌, 집, 길, 산, 강, 나무, 책 등등 무수히 많다. 오늘은 나무에 대해 말해보려고 한다. 사람의 수명이 80년이라 치면 그 열 배는 살았을 나무들이 주변에는 많다. 내가 자주 찾아가 만나는 나무들은 반계리 은행나무, 대안리 느티나무, 행구동 느티나무, 성황림 숲, 그리고 각 마을에 수호신처럼 있는 느티나무들, 소나무들, 향나무들이다. 나는 그들을 바로 하늘 같은 나무라고 생각한다.

내가 태어난 고향 진산면 엄정리에도 400년쯤 되는 느티나무가 있다. 마을 한가운데 서 있다. 여름이면 소쩍새가 찾아와 살다 가고, 그 밖에도 많은 새들에게 둥지를 만들어 살라고 가지를 내어준다. 원주에 와서 30여 년 넘게 살면서 원주 근교에 있는 하늘 같은 나무들을 찾아다니게 되었다. 하늘처럼 살아가는 그들의 모습을 보며 많은 것을 배워왔다. 하늘 같은 나무들은 '묵묵부답(默默不答)'이란 말을 가르쳐 준다. '묵묵부답'이란 뜻은 말을 하지 않는다는 말이다. 그러나 하늘 같은 나무들은 침묵으로 말하고 침묵으로 들을 줄 아는 대화법을 가졌다.

반계리 은행나무는 내가 본 천연기념물 은행나무 중에서 그 자태가 가장 우람하고 건강한 나무다. 은행이 열리지 않는 수나무여서 은행 열매로 인한 냄새도 없고, 사시사철 찾아가 보아도 그 모습은 마치 신(神)의 경지를 목전에 둔 듯 아름답다. 이 나무는 1964년 제167호 천연기념물로 지정이 되었다. 우리나라에서 천연기념물 제1호는 대구 도동 측백나무 숲이다. 천연기념물로 지정이 되었다는 것은 학술적 가치나 사료적 가치, 그리고 역사적 가치를 충분히 지니고 있는 자연에 부여되는 것으로 국가가 지속적으로 관리하겠다고 약속한 것이다. 하늘을 닮아있지 않으면, 하늘을 닮아가지 않으면 안 되는, 그래서 세월의 흐름을 포용할 수 있어야 천연기념물로 지정이 되는 것이다. 내가 살던 고향의 금산 추부면 요광리에 수령이 천년 넘은 은행나무가 1962년 제84호로 지정되었고, 남이면 석동리 보석사 은행나무는 1990년 제365호, 영동군 양산면 누교리 영국사 은행나무는 1970년 제223호 천연기념물로 지정이 되었다. 물론 이 외에도 직접 찾아가 두 눈으로 확인한 천연기념물들이 숱하게 많다.

왜 천연기념물이 중요하다고 말하는가 하면, 자연의 모습을 유지하고 관리해 훼손되지 않게 보호한다는 것 자체가 사람의 삶이 주는 영속성을 유지하는 일이기 때문이다. 나무 한 그루, 돌개 바위 하나, 숲길 하나하나가 무엇이 중요하냐고 말할 수도 있다. 그러나 그것들이 사람 삶의 지표로 자연의 순리에 따라 오랜 시간 이 땅에 자리해 왔다는 사실 하나만으로도 소중한 가치가 있는 것이다. 그 모습을 그대로 유지하고 지켜져 갈 때, 자연의 흐름도 무탈하다는 신호를 보내올 것이다. 지진이나 자연재해가 있다면 돌 하나, 나무 하나도 바르게 본래 자리에 있을 수 없다. 1000년 세월을 살았다는 것은 그 지역이, 그 마을이 1000년의 세월 동안 지진으로부터, 전쟁으로부터, 자연재해로부터 안전했다는 증거다.

내가 쓴 시 중에 「하늘 같은 나무」가 있다. 충북 영동 천태산 은행나무 축제를 위한 작품으로 2020년 보냈는데, 표제작이 되어 많은 시인들의 시와 함께 천태산 영국사 은행나무 축제에 쓰였다. 천태산 은행나무를 직접 본 것은 두 번이다. 전국의 많은 은행나무, 천연기념물 또는 보호수들을 보고 다니면서 나는 그 나무들에게 건강한 삶의 의미를 배웠고, 지금도 여전히 배우고 있다. 충북 영동의 영국사 은행나무는 금산 천래강 지류에 있다. 다슬기가 많아 반딧불이도 많이 서식하는 곳이다. 물론 시에 그려진 '은행나무 속으로 날아가 별이 된다'는 의미의 이미지는 어릴 적 내 고향 엄정리 느티나무 속으로 날아든 반딧불이를 연상한 것이다. 그리고 지금 내가 살고 있는 반계리의 은행나무와 영동 영국사의 은행나무를 번갈아 떠올리며 은행나무가 지닌 신적인 영역의 가치와 마음을 그린 것이다.

밤이면
천태산 은행나무
어둠보다 더 어둡게 서서
개똥벌레 한 마리
몸속에 들인다

개똥벌레 한 마리 들였을 뿐인데
밤이면 밤마다
반짝반짝 빛나는
하늘 같은 나무가 되어 있다

하느님이 아니어도
부처님이 아니어도
하늘이 될 수 있다는 걸
어둠 속에 서서
매일매일 보여 주신다

— 임영석 시 「하늘 같은 나무」 전문

나무가 천년쯤 살면 하늘이 된다고 나는 생각한다. 지금 우리가 살고 있는 시대가 서기 2022년이다. 불기로는 2566년이다. 그러니 부처나 예수가 이 세상에 태어난 이후 세상의 반 이상을 살아오면서 나무들은 역사의 숨소리를 다 들었을 것이다. 그럼에도 나무는 묵묵부답으로 제 삶을 견뎌왔던 것이다. 날아든 게 새든, 품에 든 게 사람이든, 가리지 않고 싫은 말 한마디 내뱉지 않고, 오로지 위대한 정신만 가득 품고 있다. 사람 같았으면 품에 든 것들에 대해보고 들은 사연들로 그 눈과 귀를 씻어내기 위해 온몸이 간지러워 참지 못했을 것이다. 사람은 하루만 말을 하지 않고 살아도 벙어리가 되어 있을 것이다. 나무들은 하늘 같은 믿음을 간직하지 않으면 살아갈 수 없다. 사람이 살아내지 못할 시간을 지탱했다는 것은 신(神)의 영역에 들어 있다는 것이다. 그 신적인 나무들에게 나는 별빛 같은 마음을 배우기 위해 자꾸 찾아간다. 행구동 느티나무도 천년이 넘은 노거수 중 한 나무로 내가 자주 찾는 하늘 같은 나무이다.

1년 365일

사람마다 1년 동안의 시간을 뒤돌아 보노라면 다양한 삶의 모습을 떠올릴 것이다. 365일이란 시간은 누구에게나 공평하게 주어진다. 부자이든 가난하든 남자든 여자든 어린아이가 되었든 어른이 되었든 24시간 365일은 똑같이 주어진다. 그 하루하루를 책장 넘기듯 소중하게 읽어 온 사람도 있을 것이고, 일기장이라 생각하고 삶의 이야기를 기록한 사람도 있을 것이다. 어디 그뿐이겠는가. 어떤 이는 그 시간을 강물처럼 생각하고 강을 따라 바다로 향했을 것이고, 어떤 이는 산이라 생각하고 더 높은 곳을 향해 발걸음을 옮겼을 것이다. 유한한 시간이 안배한 삶의 목표는 강을 따라나섰든, 산을 향해 걸었든, 크게 중요한 것은 아니다. 살아 버린 과거보다 지금 살아 있는 것이 더 중요하다.

동물의 세계를 보면 초식동물은 무리를 지어 산다. 이 초식동물을 잡아먹는 육식동물은 큰 무리를 지어 살 수 없다. 모두 먹이 사슬 구조에서 자신의 영역을 지켜내지 못하면 살아갈 수 없다. 세상에 멸종되는 동물이나 식물들은 새로운 병을 이겨내지 못하거나 먹잇감을 찾지 못해 사라진다. 이러한 구조를 보면 지금 우리가 겪는 인구 절벽의 문제도 도 먹고살기 힘든 환경적 요인이 가장 큰 원인이다. 젊은이들이 결혼하지 않고, 결혼을 했다고 해도 아이를 낳지 못하는 이유가 아이를 키워낼 환경적 여력이 충족되지 못했기 때문이다. 이 모두가 세상을 지배해 온 권력자들의 능력 부족 때문이다.

세상을 바라보는 방법은 크게 몇 가지로 나누어진다. 자연(환경)의 흐름을 지켜보는 일, 역사의 흐름을 지켜보는 일, 사람의 삶을 지켜보는 일, 동물의 삶을 지켜보는 일, 그 지켜보는 과정에 변화가 생기고 흐름이 바뀌고 있다. 상황이 이렇다면 커다란 문제가 발생되고 있다고 여겨야 한다.

인류 역사상 근대 100년 동안은 그 변화의 속도나 방향이 다른 어느 시대 때보다 두드러지게 빠르고 다양하게 바뀌고 있다. 통신의 발달, 교통의 발달, 과학의 발달, 주거문화의 발달, 의료기술의 발달 등은 앞으로 사람이 어떻게 살아야 하는지 생각하게 하고, 그 방법을 모색해야 함을 경고하고 있다.

이제 세상은 거미줄처럼 더 복잡한 세계로 바뀌고 있다. 한 개인의 능력으로는 해결할 수 없는 복잡한 구조, 그로 인하여 다양한 사람들이 제 역할을 제대로 하지 않으면 세상을 온전히 유지할 수 없게 되었다. 그러나 아무리 복잡해져도 그 삶의 뿌리는 사람이 지구별에 살아야 한다는 것이다. 1년 365일이란 시간이 변하지 않는 것은 이 우주의 질서가 아직은 잘 지켜지고 있기 때문이다. 인류가 지구에서 살아온 시간은 1만 년이 채 되지 않는다. 태풍이 불거나 지진이 일어나는 이유는 지구가 제 몸을 지켜내기 위한 몸부림이라 할 수 있다. 과학이 발달하고 건축 기술이 아무리 발달해도 지구의 몸부림을 감당하기에는 역부족이다. 그 위험을 피해 삶의 터전을 옮기며 살아온 것이 인류다.

1년이란 시간에는 많은 것이 담겨 있다. 지구가 태양을 돌며 처음 자리로 돌아왔다는 의미도 있고, 새롭게 다시 첫 걸음을 시작한다는 의미도 있다. 사람은 1년을 보내며 한 해가 다 갔다고 하고, 한 해가 시작된다고도 말한다. 또는 한 살 더 먹는다고 말하기도 한다. 사람에게 삶의 나이테는 지혜를 깨닫게 해 준다. 현재까지는 우주 공간을 통틀어 유일하게 생명이 살 수 있는 별로 확인된 곳은 지구별이다. 1년을 살았다는 것은 내 몸이 지구라는 커다란 별에 앉아 태양을 한 바퀴 돌고 왔다는 의미다.

내가 무엇을 했는지, 내가 무엇을 하고 살았는지 돌아봐야 한다. 아무것도 할 수 없었던 사람은 생각으로 많은 것을 꿈꾸어 왔을 것이다. 나이만 한 살 더 먹는다고 말하는 사람도 있을 것이다. 나는 그 사람들에게 한마디 말해 주고 싶다. 우린 지구별을 타고 태양을 한 바퀴 돌며 우주여행을 한 것이다. 아무것도 안 한 것이 아니라 태양을 한 바퀴 돌지 않았는가. 그런 생각을 한번 해 보라. 이유 있는 삶을 살았으면 좋겠다. 꼭 살아가는 이유와 어떤 목적을 만들어 살아야 잘사는 것은 아닐 것이다. 그러함에도 이유를 들고 목적을 만들어 살아야 한다고 생각한다. 작든 크든 그 이유와 목적을 만들면 1년이라는 시간도 그 목적에 따라 움직일 것이다.

1년 365일, 나는 요즘 우주여행만 하고 살고 있다. 일을 하는 것도 아니고, 노는 것도 아니고, 하늘 보고 땅 보고 별 보고 잠자고 그렇게 산다. 무엇을 했냐고 묻는다면 이렇게 답하자. 나, 이 우주에서 가장 아름다운 지구라는 별에서 우주를 여행하고 있다. 한 살 나이를 더 먹은 게 아니라 지구별을 타고 우주여행을 하고 있다 보니 세월이 지나갔다고, 그렇게 말하자. 매일 밤, 고개를 들어 밤하늘의 별을 보는 일은 쉬운 것 같아도 쉽지가 않다. 별들도 철따라 움직이고 있다. 1년이라는 시간은 밤하늘만 잘 바라봐도 그 흥미로운 이야기들이 진하게 펼쳐져 있다. 우리들 삶이 꼭 별자리가 움직이듯 움직인다. 올해도 난 아무것도 하지 않고 1년 열두 달 내내 내가 어디를 지나가고 있는지 지구별에 몸을 맡기고 우주를 여행하고 있다. 그 1년을 뒤돌아보면 마치 정현종 시인의 시처럼 "어디 우산 놓고 오듯/ 나를 놓고 오지 못하고/ 이 고생이구나" 하는 마음이 절실해진다.

나를 떠나면 두루 하늘이고 사랑이고 자유가 앞에 있는데
나를 떠나지 못하는 나. 그렇게 삶이 나를 1년을 또 끌고
다녀서 아픔만 쌓인 듯하다.

어디 우산 놓고 오듯
어디 나를 놓고 오지도 못하고
이 고생이구나

나를 떠나면
두루 하늘이고
사랑이고
자유인 것을

– 정현종 시 「어디 우산 놓고 오듯」 전문

혼자 노는 시간

요즘 혼자 노는 시간이 많아졌다. 지금껏 살아오면서 사람과 사람이 만나는 일을 공개적으로 하지 말라고 국가에서 제지한 적은 없었다. 혼자 노는 데 익숙한 나는 평소와 다를 바 없이 지내지만, 그럼에도 어딘지 만나고 싶을 때 만나지 못하는 부자연스런 상황들이 나를 허전하게 만들고 있다. 가끔은 시골 촌놈이 인사동 골목에 모여 차를 마시고 점심 식사를 하고 시인들 얼굴도 보고 그래왔는데, 코로나19가 번지고 나서는 만나자고 전화를 하는 자체가 망설여진다.

혼자 노는 시간의 대부분은 책을 읽는다. 각종 문예지며 많은 시인이 보내오는 시집, 그리고 새로 구입한 책들을 읽는 시간을 빼고 나면 산책을 한다. 더러 고향 부모님 산소에 다녀오는 일 외에는 손바닥만 한 밭에 가서 없는 일거리를 만들어 괭이질을 하며 새소리를 듣고 오거나 바람소리를 듣고 오는 게 전부다.

사실 내가 밭에 가서 필요 이상의 삽질을 하고, 필요 이상의 시간을 보내는 것은 딱따구리란 놈이 딱, 딱, 딱, 내게 말을 걸어오기 때문이다. 물론 나는 알아듣지 못하지만 육감적으로 배고픔을 참지 못하고 쪼아대고 있는 딱따구리의 성질머리를 지켜보는 것이다. 없는 성질, 있는 성질 다 부려서 빈 고목을 쪼아대는 소리가 목탁을 두들겨대는 소리처럼 들린다. 나는 가만히 그 소리를 듣고 있다가 염불만 외우면 되는 땡땡이중처럼 시간을 보내고 온다. 코로나19가 산속 밭까지 왔는지, 지나가는지, 신경 쓸 일이 없다. 오로지 나 혼자 놀뿐이다.

혼자 노는 시간이 생기면 할 일이 많을 것 같지만, 혼자 노는 시간이 3년째 되고 보니 할 일들이 많지 않다. 가장 쉽게 하는 일이 걷기운동이다. 처음에는 걷는 일부터 시작해서 등산을 하거나 낚시를 하는데, 이 일도 쉽지가 않다. 서로 마음이 맞는 사람과 어울려야 가능하지 언제까지나 혼자 할 수 있는 일은 아니다. 내 몸에 땀을 내는 일을 해야만 혼자 노는 시간이 즐거워진다. 농촌에 사는 사람들이야 텃밭에 나가 소일 삼아 밭도 매고, 풀도 뽑고 할 일이 지천에 깔려 있겠지만, 도시에 사는 사람들에게는 그러한 소일거리가 없다 보니 취미 생활로 운동이 전부인 사람이 많다.

혼자 노는 시간을 즐겁게 만들기 위해서는 평소 하루 2시간 이상 자신이 가장 좋아하는 것을 공부하고 배워두어야 한다. 젊어서부터 습관을 들여 단련하지 않으면 많은 시간이 주어졌을 때 혼자 노는 방법을 찾지 못해 적적하기 그지없다. 직장 생활을 하는 사람들은 그래서 필수적으로 취미를 가져야 한다. 운동이나 등산, 낚시 같은 것도 좋은 취미가 되겠지만, 눈비가 오고 춥거나 더워도 할 수 있는 그런 지적인 취미를 가져볼 것도 권한다. 그림이나 붓글씨, 화초 기르기, 사진 찍기, 수놓기, 춤, 노래, 독서, 우표수집 등에서 한 가지를 골라 10년 이상 지속하면 어느 틈에 전문가적인 식견을 갖게 된다.

그러기 위해서는 적어도 수입의 10%는 매달 취미활동을 위한 목적에 사용해야 한다. 대다수 사람들이 은퇴 이후의 생활만 걱정을 하는데, 은퇴 이후의 삶을 즐겁게 만드는 것은 은퇴 이전에 그 생활을 충실하게 만들어 놓았을 때 일이다. 젊어서는 할 일이 산더미처럼 많이 쌓여 있다고 미루게 된다. 그러다 막상 혼자 노는 시간이 주어지면 그 시간을 휴식이나 운동 외에 무엇을 해야 할지 고민하게 된다.

코로나19로 사람과 사람 사이의 대면을 멀리하고 혼자인 시간이 많아진 상황이다. 이럴 때일수록 자신이 관심을 가졌던 분야에 대한 공부를 해보는 일도 또 다른 세상을 향해 한 걸음 더 나아가는 지름길이 될 것이다. 사람의 마음은 아무도 들여다볼 수 없다. 무엇을 축적해 놓았는지 알 수도 없다. 혼자 노는 시간을 즐겁게 보낸다는 것은 자기 자신의 노력을 몸속에 가득 채워 놓고 있는 사람만 누릴 수 있는 호사다. 사람을 만나지 않고 지내도 답답한 마음이 들지 않는다. 혼자 할 수 있는 일이 있어서다.

혼자 노는 방법 중에 가장 좋은 방법은 관찰이다. 같은 길을 걸어도 오늘은 무엇을 쏟아 놓았는지, 무엇이 지나가 는지, 하늘에는 구름이 끼어 있는지, 뻐꾸기가 우는지, 참 새가 우는지, 물오리는 날아왔는지 등등 수없이 많은 자연 의 모습을 관찰하다 보면, 스스로 내 안에 대화의 물꼬를 트게 된다. 이러한 관찰을 더 발전시키기 위해 스케치를 하 거나 메모를 하는 습관을 가지면 하나의 기록을 완성할 수 있다. 그러한 기록들을 몇 해만 반복하면 혼자 노는 습관이 든다.

봄꽃들이 앞다투어 피고 지고
그렇게 후다닥 지나갔다
항상 가던 그 자리를 다시 걸어가며
산목련 함박 웃는 모습을 보렸더니
그새 지고 없어, 아차 늦었구나 아쉬운데
어디서 하얀 종소리 뎅뎅뎅 밀려온다
금천길 푸른 숲 사이로 때죽거리며 조랑거리는 것들
조그만 은종들이 잘랑잘랑 온 몸에 불을 켜고 흔들어
댄다

순간 왁자해지는 숲, 찌르르, 찌이익, 쫑쫑거리는 새소
리들

금천 물길에 부서져 반짝이는 초여름의 햇살, 고요를
섞는

바람, 나를 들여다보는 초록눈들이

환생하듯 일제히 일어서는 천년 비룡처럼

혼자 노는 숲에 혼자인 것은 아무것도 없다

그럼에도 숲에서 많은 것들이 혼자였다

내가 없어도 항상 그 자리에 있는 것들

고맙다

- 진란 시 「혼자 노는 숲」 전문

진란 시인의 시 「혼자 노는 숲」도 관찰의 결과다. 혼자
노는 방법에 익숙한 사람이 되다 보면 자연과 더 가까운 사
람이 된다. 사람이 사람을 억지로 멀리하면 안 되겠지만,
요즘처럼 사람을 스스로 멀리해야 더 좋은 때에는 혼자 노
는 습관을 잘 들여 즐거움을 만들고 행복함을 느끼는 것도
삶의 한 방법이다. 그래서 나는 틈만 나면 산속 밭에 가서

딱따구리 소리를 목탁삼아 땡땡이중처럼 귀동냥하며 시간
을 보낸다.

누구나 공평한 것들

　살다 보니 운명(運命)을 놓고 금 수저를 물고 나왔니, 흙 수저를 물고 나왔니, 은수저를 물고 나왔니 하는 얘기를 많이 듣는다. 모든 것이 재물이 많고 적음을 두고 하는 말이다. 그러나 재물은 인위적으로 공평하게 배분해 태어날 수 없다. 그래서 다음과 같은 것을 신(神)은 공평하게 갖게 했다.

　그 첫째가 하루 24시간의 시간이다. 시간은 사람이나 식물, 나무에 이르기까지 똑같이 부여받는다. 이 시간을 어떻게 사용하느냐에 따라 운명도 달라진다. 그러나 대부분의 사람들은 스스로에게 이 공평한 시간이 주어져 있다고 생각하지 않는다. 대통령이라고 해서, 청소부라고 해서, 택배를 배달한다고 해서, 버스를 운전한다고 해서 시간이 적게 주어지지는 않는다.

둘째는 세상을 다 내 마음에 담아도 좋은 마음의 그릇이다. 마음의 그릇은 사람마다 다 다르다. 그러나 보이지 않으니 다 공평한 그릇이 주었다고 믿어야 할 것이다. 그러나 이 그릇에 어떤 것을 담을 것인지, 어떤 용도로 쓸 것인지, 어떤 노력을 담을 것인지에 따라 그 사람의 마음 그릇이 운명을 좌우한다. 이 마음 그릇은 앞에서 말한 '같은 시간'을 담는 그릇이다.

셋째는 상상을 무한하게 할 수 있는 생각이다. 같은 시간, 같은 마음의 크기를 가졌다 해서 상상의 공간을 다 활용할 수 있는 것은 아니다. 이 상상의 공간을 같은 시간 위에 펼치고, 같은 마음 그릇에 어떻게 담느냐. 그것이 열정과 꿈, 노력의 결실을 가져오기 때문이다. 바다의 깊이도 5대양 6대주에 따라 다 다르다. 땅의 크기도 나라마다 다르다. 그러니 하늘의 색, 별의 색, 세상을 구성하는 모든 것들이 다 다르게 보인다. 그 다르게 보이는 이유가 생각의 크기가 다르기 때문이다.

사람은 시간과 마음, 무한하게 상상할 수 있는 생각을 갖고 태어났다. 이것은 어떤 누구도 빼앗아가지 못한다. 이 무한한 생각의 힘과 마음을 잃고 살면 삶의 희망이 없다. 경계 없이 세상을 향한 꿈을 가슴에 담고 사는 사람에게는 성공적인 삶이 주어진다. 다 똑같이 주어진 시간을 땀으로 바꾸지 않고, 노력이라는 걸음을 떼지 않았다면 에디슨도 없고, 노벨도 없고, 링컨도 없었을 것이다. 세상에 이름을 남긴 훌륭한 과학자, 정치가, 탐험가, 사업가, 예술가들 모두가 자신의 시간을 가장 치열하게 사용하며 노력한 사람들이다.

풀잎을 보라. 제 키보다 높은 나무들을 올려다보지 않는다. 봄이 되면 푸른 싹을 틔워 자신에게 주어진 시간 동안 푸르게 자라 꽃을 피워 더 많은 씨앗을 남기고 시든다. 그러한 지속적인 반복이 희망의 상징으로 푸른 세상을 만들어낸다. 사람의 세상도 다르지 않다. 세상을 움직이는 것은 늘 땀 흘려 살아가는 사람들이다. 풀잎은 대들보는 되지 못하지만 세상을 푸르게 만드는 일을 한다. 그것은 주어진 시간에 주어진 역할을 충분히 했기 때문에 얻어진 것이다.

하늘은 하늘을 날아가는 새들만의 것은 아니다. 어둠이 오면 제 눈빛을 어둠보다 더 밝게 빛내는 별들의 것이고, 그 허공의 높이를 가슴에 담는 눈빛들의 것이다. 이 세상도 누가 더 많은 꿈과 희망, 열정을 불태워 밝게 살아내느냐에 따라 달라진다. 모두 공평한 시간을 부여받았기 때문이다.

눈은 살아있다
떨어진 눈은 살아있다
마당 위에 떨어진 눈은 살아있다

기침을 하자
젊은 詩人이여 기침을 하자
눈 위에 대고 기침을 하자
눈더러 보라고 마음 놓고 마음 놓고
기침을 하자

눈은 살아있다
죽음을 잊어버린 영혼과 육체를 위하여
눈은 새벽이 지나도록 살아있다

기침을 하자
젊은 詩人이여 기침을 하자
눈을 바라보며
밤새도록 고인 가슴의 가래라도
마음껏 뱉자

– 김수영 시 「눈」 전문

눈이 주는 상징은 자유다. 시인은 그 자유 위에 상상의 그림을 마음껏 그리라고 말한다. 물론 시대적으로 자유를 갈망하고 민주주의를 외치는 상징의 시로 알려져 있지만, 이를 벗어나 순수한 마음으로 김수영의 시 「눈」을 읽어도 그 자유스러움이 행복한 마음을 한껏 표출하는 희망으로 다가온다. 눈은 하얗고 깨끗하다. 이 세상이 하얗고 깨끗한 마음을 지닐 수 있게 만든다. 때문에 그 위에 무엇을 뱉고 상상하고 그려도 그것은 온전히 개인의 것이 된다.

세상은 내 것이 아니라 말하는 사람에게 말하고 싶다. 내가 어떤 생각을 하고 살고 있느냐에 따라 이 세상이 내 것이 되기도 하고, 타인의 세상이 되기도 한다고. 내게 주어진 시간을 놓치면 내 것이 될 수 없다. 내게 주어진 마음을 접으면 그 위에 그려낼 삶의 모습은 사라진다. 내게 주어진 생각을 묻어두지 마라. 어떤 생각도 마음도 꿈도 하얀 백지를 펴고 그려야 한다. 그리다 보면 어느 날 그 백지 같은 세상이 내 삶으로 펼쳐질 것이다. 하루가 부족하면 한 달, 한 달이 부족하면 1년, 1년이 부족하면 10년, 10년이 부족하면 일생을 두고 그리면 된다.

사람은 모두 공평한 시간을 선물 받았다. 그 시간을 가슴에 새기고 살지 않는다면 패배자가 될 것이다. 무엇을 생각하느냐에 따라 내 삶의 방향이 바뀐다. 강물이 하루아침에 큰 바다를 이룬 것이 아니다. 물길 모두가 바다로 흐르지 않는다. 공평한 시간을 가졌다 해도 그 시련을 이겨낼 때에만 공평한 시간은 자유를 만끽할 자격을 선물한다. 이 세상

물의 지도는 다 그렇게 그려진다. 그 의미를 나는 아래의 「수륙도」라는 시조에 담아본다.

물들이 다 아래로만 흐르는 게 아니었다
땅으로 스며들고 구름으로 떠돌면서
어둠의 뿌리까지도 씻어주고 있었다

강물이 다 바다로만 흐르는 게 아니었다
첩첩 산 끌어안은 강물의 그 소리는
바다로 흐르지 않고 바위처럼 남아 있다

바다에 든 물이라고 다 푸른 것은 아니었다
푸르게 멍든 물도 해안선에 다가서면
어머니 가슴에 들듯 푸른 멍이 다 풀린다

– 임영석 시조 「水陸圖」 전문

53

누구나 하지만,
누구나 할 수 없는 일이 취미다

　사람이 살면서 밥 먹고 물마시고 화장실 가고 숨 쉬는 일만큼 쉬운 일이 없다. 하지만 이 일만큼 어려운 일도 없다. 이 일을 위해 사람들은 일을 하고 돈을 벌고 땀을 흘린다. 밥 먹는 일, 물 마시는 일, 화장실 가는 일, 숨 쉬는 일은 건강하지 않으면 할 수 없다. 건강해야만 할 수 있는 일이다. 이 당연한 일을 우리가 살면서 매일매일 할 수 있다는 게 날로 중요해지고 있다.

　기대수명이 높아지고 노령인구가 급격하게 증가하면서 취미 활동과 여가 생활은 제2의 인생을 바꾸어 놓을 만큼 중요한 일이 되었다. 너무 쉽지만, 아무나 할 수 없는 일을 찾아야 한다. 그것이 제2의 인생을 즐겁게 보람 있게 지낼 수 있는 방법이다. 취미 활동이라 함은 내가 좋아하는 일을 즐기며 하는 일이다. 다양한 분야가 있다. 그러나 그 일은 어려워서는 안 된다. 매일 밥 먹듯이 물 마시듯이 쉽고 꾸준하게 할 수 있는 일이어야 한다. 숨 쉬는 일만큼 쉽게 할 수 있는 일이어야 한다.

나는 시를 쓰는 시인이다. 세상에는 수많은 시인이 있다. 각자 나름 작품 활동을 하며 살아가고 있다. 나는 15년 전부터 네이버 블로그에 하루 한 편의 시를 읽고 그 시에 대한 단상을 써오고 있다. 그게 뭐가 중요하냐고 할 수도 있다. 하루 한 편의 시를 읽는 일은 쉽게 생각되는 일이다. 한 편을 놓고 보면 대단한 일은 아니다. 그 일을 쉬지 않고 15년을 지속하여 진행한다는 것은 다르다. 지금은 4,770회가 넘게 횟수를 더해가고 있다. 시집 한 권의 분량이 70여 편이니, 이를 묶으면 70여 권의 시를 읽고 시를 좋아하는 사람들에게 들려주었다는 얘기가 된다. 시를 좋아하고 그만큼의 시집을 보유하고 있기에 가능한 일이다. 시를 좋아한다고 시를 전해주는 일도 좋아할 수 있는 건 아니다. 시집을 사 볼 여력이 되고, 시인들이 보내주는 시집에 답하고, 시집을 홍보해 주는 역할을 함께해 왔기에 가능했던 일이다.

블로그에 시메일로 올린 글만 4,770여 편이고 다른 시들을 소개한 시만 2만여 편이 된다. 요즘 서점에 가면 필요한 부분만 핸드폰으로 촬영을 해가는 바람에 책이 팔리지 않아 궁여지책으로 책을 랩 포장해 둔다. 그 때문에 어떤 시집에 어떤 내용의 시가 담겨 있는지 알 수가 없다. 시집을 구입하고 싶은 독자들은 시인의 이름 석 자만 보고 골라야 하는 부담을 갖게 된다. 그런 상황에서 나는 시인들이 보내주거나 따로 산 시집에서 시를 추려 소개하고 있다. 내 개인적인 공부는 물론 다양한 시인들의 시적 취향을 파악하는 데 도움이 된다. 더불어 독자들이 시집을 고를 때 활용할 수 있도록 한다.

시집 내용을 다 올리면 책이 팔리지 않을 수도 있다고 여기겠지만 한 권의 시집에서 한두 편의 시를 추려 설명하고 시집 제목과 출판사까지만 공개한다. 그래야 그 시를 읽는 독자들이 시집을 구매할 때 참고할 수 있다. 앞에 말했

듯 신간 시집들은 랩으로 포장하여 파손을 방지하는 목적을 두고 서점에 진열하는 경우가 늘어나다 보니, 서점에서 어느 시집에 어떤 시가 들어 있는지 알 수 없다. 내가 운영하는 블로그의 목적이 시를 좋아하는 독자들에게 그것을 안내하기 위한 일이다.

이 일에 30여 년 직장 생활에서 얻은 경험들이 밑바탕이 되었다. 누구나 쉽게 시작할 수 있지만, 누구나 지속적으로 유지하지 못하는 일이다. 내 몸이 기억하는 일을 내 의식이 똑같이 기억해낼 수는 없다. 그러한 기억을 오래 남기기 위해 블로그를 운영한다. 직장 생활은 월급을 받는 곳이기도 하지만, 다른 한 편으로는 그 생활의 경험을 제2의 재산으로 만들 수 있어야 한다. 업무상 나는 컴퓨터가 처음 나왔을 때부터 컴퓨터를 만졌다. 정밀 측정실에 근무하며 계측기, 게이지 검교정 업무와 정밀측정을 하였고, 시력이 나빠져서 20년 가까이 품질관리 업무를 끝으로 희망퇴직을 했다. 희망퇴직 후 컴퓨터디자인을 6개월 공부를 하며 부족한 컴퓨터 기능들을 익혔다.

그 경험을 기본으로 가장 잘할 수 있는 일을 찾아 취미와 여가 활동을 연결했다. 하루아침에 훌륭한 운동선수가 될 수는 없다. 꾸준한 연습과 노력이 있어야 가능하다. 취미활동도 여가 활동도 자신이 잘할 수 있는 기본 위에 두고 또 노력이 밑바탕이 되어야 한다. 이 경험들을 시메일과 블로그 활동에 응용하여 독자들이 쉽고 편하게 시를 이해할 수 있도록 했다. 내가 보내는 시메일은 원주신문과 울산 여성 신문에 리뷰 되어 또 다른 전파 라인을 타고 독자들에게 전해진다. 또 원주 교차로는 원주 시민들이 무료로 누구나 손쉽게 읽을 수 있는데 한 지면을 통해 "임영석 시인과 쉽게 읽는 시" 코너로 주 1회 시와 시 해설을 전하고 있다. 누구나 쉽게 접근할 수 있는 일이지만, 그래도 시를 써오고 시를 이해하는 한 사람이기 때문에 가능한 일들이 아닌가 생각한다. 돈이 되지는 않지만 많은 시민들이 시를 쉽게 이해하고 편안하게 접할 수 있게 하는 일이 어떤 문학 활동보다도 중요하다고 생각하기 때문이다. 사실 문예지의 지면은 문학을 전문적으로 하는 문인들이 주 독자층이다. 일반인들 사이에 문예지 구독은 많지 않다.

문학 활동은 일회성에 그치면 그 효과가 그리 크지 않다. 지속적이고 반복적으로 일반 사람들에게 스며들게 하지 않으면 문학을 쉽게 접하지 않는 독자들의 눈과 귀를 사로잡을 수 없다. 많은 시인의 좋은 작품을 독자들에게 전해주는 일이 나에게는 창작 그 이상으로 중요하다. 많은 시인이 본인의 시만 애정을 갖고 읽어주기를 바란다. 그러나 그보다 더 중요한 것은 좋은 시가 어떤 것인지, 시인만 읽는 시가 아닌 일반 독자들에게 읽혀 감동을 주는 일을 병행하며 창작활동을 해야 한다는 생각이다. 그런 목적으로 시매일 4,800회, 원주 교차로 시 해설 연재를 6년째 여전히 진행 중이다.

　간단한 시 해설을 쓰고 해당 시를 읽게 하는 일은 시인이라면 누구나 할 수 있다. 그러나 나는 어떤 대가도 바라지 않고 오르지 단 한 사람의 독자를 위한다는 신념으로 이 일에 도전하고 있다. 네이버 블로그 "한결 더 좋은 세상"에서 그간의 나의 활동을 공유할 수 있다. 누구나 할 수 있지만, 누구도 하지 않는 작업을 오늘도 진행 중이다.

연등(燃燈)을 바라보며

세상 사는 모든 곳에 깨달음의 이치가 있다고 한다. 그러나 마음이 깊지 않은 나는 도무지 그 이치가 어디에 어떻게 있는지 알 수가 없다. 그러니 만사가 뒤처지고 모자라고 흉만 지니고 살고 있다는 생각이 든다. 35년 글을 함께 쓴 많은 동료들은 나름대로 글로 일가를 이루고 문단 말석의 위치에라도 있지만, 능력이 모자란 나는 어둠 속의 별빛 같은 희망 하나만 바라보며 아직도 허우적거리고 있다.

천둥번개처럼 빛나는 좋은 글이야 천둥번개 내리치는 먹구름을 내 가슴에 지니지 못해 못 쓰는 것이다. 남 앞에 나서서 주변머리라도 헤아릴 줄 아는 재주가 있으면 문단의 말석 자리 하나라도 꿰찰 것인데 그런 재주도 없다. 사실 이러한 마음을 품는 것도 내 욕심이고 내 허물을 드러내는 일이긴 하다.

부처님 오신 날이 되면 다니지도 않는 절에 가 남들이 달아 놓은 연등을 본다. 수많은 연등의 꼬리마다 누구누구 가족 건강하고 무탈하게 해 달라고 달아놓은 글들을 보며 얼마나 마음속의 어둠이 많았는지를 확인한다. 자신의 마음의 등을 덩그렇게 달아놓고 소망을 빌고 있는 사람들은 행복한 사람들일 것이다. 이 등조차 달 수 없는, 마음의 여유가 없는 사람이 세상에는 얼마나 많겠는가.

연등은 "등잔에 빛을 사르다"라는 뜻이다. 등잔의 불빛이 꺼지지 않도록 연꽃의 모양을 만들어 바람을 막아주는 것이다. 자기 자신을 희생하여 어두운 세상의 길을 밝혀준 부처님의 정신을 이어받자는 뜻도 담겼으리라. 요즘은 등불보다 더 밝고 편리한 전등이 많다. 그러니 요즘의 등불은 상징적 의미로 걸어 둘뿐이다.

등불은 전기가 없던 시절, 밤길을 밝히는 생활 도구였다. 연등은 그 등불에 연꽃의 모양을 씌워 자비로운 마음을 바라고, 그 연등처럼 세상의 어두운 곳에 작은 불빛이 되어 살고자 하는 마음을 담았으리라. 그 연등을 보며 부처님이 이 세상에 나와 자비를 베풀던 깊은 마음을 헤아려 본다.

　　돌 한 개 던져볼까
　　아니야 그만 둘래
　　바람 한 번 불러볼까
　　물잠자리 잠을 깰라
　　창포 꽃 포오란 생각이
　　오월 못물을 열고 섰다.

－ 정완영 시조 「창포 꽃 있는 못물」 전문

　사람 마음도 물과 같을 것이다. 돌을 던지면 파문이 일고 그 파문에 놀란 물잠자리가 날아갈 것이다. 그래서 창포 꽃 포오란 생각이 못물의 문을 열고 세상 밖으로 나왔다고 정완영 선생께서는 생각하셨을 것이다. 연등도 우리들 마음에 오월 못물 같은 자리에 창포 꽃처럼 아름다운 향기를 담아주는 불빛이다.

내게 자비는 스스로 아름답고 행복하게 세상을 살아가는 것만으로도 충분하다고 본다. 더 보탠다면 선한 마음을 쌓는 적선의 마음을 연등 불빛처럼 쌓고 쌓아 세상의 어둠을 밝혀주는 좋은 글을 써서 사람의 마음을 적셔주는 날을 맞는 것이다. 매일 숨 쉬고, 보고, 생각할 수 있도록 해주는 맑은 햇빛과 부드러운 바람, 그리고 아름다운 생각들, 내 가족, 착한 이웃들이 바로 나에게는 그 연등 불빛이다.

참기름이 고소한 것은 뜨거운 불에 깨알을 볶아 그것을 압착하여 뽑아낸 그 고통의 과정이 향기를 뿜어내기 때문이다. 연등을 보고 있으니 참기름이 고소한 이유와 연등의 불빛이 아름다운 이유가 다 자기 자신의 고통을 이겨낸 결과가 아닐까 하는 생각이 든다. 5월은 세상 곳곳이 아름다운 빛으로 물든다. 나무며 풀, 모두가 제 나름의 연등 불빛으로 세상을 밝힌다. 이 아름다운 자연의 등불을 보는 눈이 즐겁다. 모두가 이 대자연의 푸른 연등 불빛 아래 밝고 맑은 세상을 즐겼으면 하는 바람이다.

가족

사람이 자기 뜻대로 바꿀 수 없는 게 가족이다. 하늘이 정해준 인연이 아니고서는 가족이 될 수 없다. 가족은 한 집에 함께 살도록 엮인 사람들이다. 그러나 요즘은 함께 살고 있는 사람이라는 말보다 함께 살았던 사람들이라고 말하는 것이 더 적당하리라.

나의 가족 구성은 7남매다. 부모님은 돌아가셨고, 위로 세 분의 형님, 두 분의 누님, 나, 남동생, 이렇게 7남매로 18명의 아들, 딸을 두고 있다. 18명의 조카들이 해마다 자식을 낳고 있어 그 수가 늘 수시로 변하고 있다. 이중 큰 매형과 큰형님, 그리고 동생이 세상을 떠났다.

우리 가족은 15년 전부터 매년 7월 둘째 주 토, 일요일에 모임을 갖는다. 모임의 목적은 서로 얼굴을 보자는 것뿐이다. 서로 뿔뿔이 흩어져 살다 보니 아무리 마음이 지극하여도 일일이 찾아가 인사를 드릴 수가 없다. 그래서 가족이 모이는 날에 서로 얼굴을 보고 인사를 나누기로 한 것이다.

각자 자기 가정마다 가족들 간에 상호 친목을 유지하는 방법들이 있을 것이다. 보통의 가족들이라면 이렇게 친목을 유지하고 서로 돕고 사랑하며 살아가는 게 보통일 것이다. 하지만 한 발자국만 뒤로 물러나 그들 모임을 바라보면 참 다양한 사람들이 섞여 있음을 볼 수 있다.

이주노동자, 한 부모 가정, 소년 소녀 가장들, 선천적으로 몸이 약하게 태어난 장애우가 있는 가정의 모습들까지, 다양한 삶들 속에서 각자 얼마나 힘들게 살고 있는지 한 번쯤 들여다보아야 한다. 내가 아는 지인 중 발달장애우를 가르치는 분이 있는데, 그 부모의 헌신적 노력은 상상을 초월할 정도로 지극하다고 했다. 그 발달장애우의 부모님 사랑은 세상 어떤 말과 꽃으로도 대신할 수 없다고 한다.

요즘 시대는 경제력을 기준으로 누구는 행복하고 누구는 불행하다고 정의한다. 하지만 나는 건강하게 태어난 그 자체가 행복한 것이라고 말하고 싶다. 부모가 나에게 건강한 몸을 준 것이 가장 큰 재산이다. 한 부모 가정, 소년 소녀 가장, 이주노동자, 가난하다고 말해지는 것들은 노력으로 극복할 수 있는 대상이다. 돈이 많으면 치료가 수월한 부분도 있겠지만, 타고난 신체적 건강은 돈이나 노력으로 대신할 수 있는 종류가 아니다.

나는 고등학교만 졸업하고 시를 공부해 스물셋 나이에 1차 추천을 받고, 스물네 살에 등단했다. 30여 년 가까이 노동자로 일하며 매달 급여의 1%는 읽을 책을 샀다. 가족을 사랑한다면 가장 먼저 자기 자신을 강하고 건강한 사람으로 만들어 살아야 한다. 아무리 건강한 몸으로 태어났어도 정신적으로 나약한 것은 가족이라 해도 지켜주지 못한다. 내 몸과 마음을 건강하게 만드는 일이 가장 우선이어야 가족들을 돌볼 수 있다.

5월은 가정의 달이다. 부모님께 음식을 대접한다면 한

끼의 즐거움은 줄 수 있다. 그러나 그 부모님의 취미 활동을 응원한다면 1년의 행복을 드릴 수 있다. 자녀에게도 돈보다 책을 선물해 주면 그 책의 지혜를 전해줄 수 있을 것이다. 책 속에는 많은 지혜가 담겨 있다. 책 속에 담긴 과거가 미래의 답이라는 것을 볼 수 있게 해야 한다. 사랑은 팔을 벌려 안아주는 것만으로는 부족하다. 마음으로 안아야 한다.

부모님이 계시고 자녀들이 있다면 손을 잡고 주변에 있는 천 년 세월을 보낸 나무를 찾아가 보라고 말하고 싶다. 나는 반계리 은행나무, 행구동 777번지에 있는 천년 느티나무, 그 밖의 많은 나무들을 찾아다니며 어떻게 천년을 버티고 지금까지 건강하게 살아왔는지 지형과 나무들의 건강함에서 많은 것들을 배우고 온다. 그리고 그 나무들이 버틴 세월만큼 나도 내 몸의 건강함을 지켜내고 가족들의 건강함을 유지시키기 위해 노력한다.

새로 담근 김치를 들고 아버지가 오셨다.
눈에 익은 양복을 걸치셨다.

내 옷이다, 한 번 입은 건데 아범은 잘 안 입는다며
아내가 드린 모양이다.

아들아이가 학원에 간다며 인사를 한다.
눈에 익은 셔츠를 걸쳤다.
내 옷이, 한 번 입고 어제 벗어놓은 건데
빨랫줄에서 걷어 입은 모양이다.

- 윤제림 시 「가족」 전문

윤제림 시인의 시를 보면 그 가족의 따뜻함이 무엇인지 잘 나타나 있다. 아버지께서 담근 김치를 들고 오셨는데, 아버지가 입은 양복이 본인이 입지 않아 아내가 아버지께 드렸던 그 옷을 걸치고 오셨다. 또 본인의 옷을 자녀가 입고 학원에 간다. 가족이란 이렇게 누군가에게 필요하지 않은 헌 옷을 서로 입고 다녀도 스스럼이 없다. 가족이 아니고서는 헌 옷을 주고받을 일이 많이 없다. 모두 한몸이라는 뜻이다. 한몸이기 때문에 부모나 자녀가 내 옷을 입을 수 있다. 종종 나는 나를 지켜주는 것은 내가 가장 사랑하는 가족들뿐이라는 생각을 한다. 세상에 어떤 사람도 내가 아팠을 때 곁에 머물러 주지 않는다. 가족들이 아니고서는 걱정해 주지 않는다.

부모가 나에게 세상의 첫걸음마를 가르쳐 주었듯이, 나도 내 아들에게 그 첫걸음을 가르쳤고, 세상 살아가는 걸음을 지켜보는 것이다. 가족이 아니면 올바르게 걷든, 삐뚤삐뚤 걷든 상관하지 않는다. 우리 인생의 첫걸음을 배우는 일들이 모두 가족의 사랑 안에서 시작되었기에 그 사랑도 내 삶의 걸음이 되고 있다.

도란도란, 소곤소곤

　세상을 살아가는 데 운명이라는 게 그렇다. 향을 싼 종이는 향내가 나고, 굴비를 매단 새끼줄은 비린내가 난다고 했다. 부처께서는 "어떤 물건이든 본래는 깨끗하지만, 모든 인연에 따라 죄와 복을 받게 되며, 현명한 이를 가까이 하면 도심(道心)이 높아지고, 어리석은 이를 가까이 하면 재앙이 오는 법이다. 이 이치는 마치 종이가 향을 가까이하였기에 향내가 나고, 새끼줄은 생선을 묶었기에 비린내가 나는 것과 같은 것이다"(법구비유경에서)라고 하셨다. 하지만 아무리 향내가 나는 종이라 하여도 쓰레기통에 버려지는 종이는 그 향내가 무슨 소용이 있을 것인가. 또 비린내 나는 새끼줄이라 하여도 물에 빠진 사람을 구하기 위해 던져주면 생명줄이 될 수 있지 않겠는가.

　한 친구에게 들은 얘기다. 가장이 사업에 망하고 노부모 집에 식솔을 데리고 들어가 살면서 부부 싸움을 한 얘기다. 돈 잘 벌고 위세가 등등할 때는 아내도 자식도 가장인 자신을 무시하지도 멸시하지도 않았는데, 막노동하며 힘든 것을 잊고자 한두 번 마신 술 냄새를 못 견뎌하더란 것이다. 그런 그의 입장에서 곱게 보지 않는 가족들이 기르는 반려견을 껴안고 입을 맞추고 있는 모습을 보며 "내가 저 개만도 못하냐" 따지는 바람에 부부 싸움이 아주 커졌다는 얘기다.

　물론 반려견은 그의 말대로 아무 죄가 없다. 함께 가족처럼 지내는 대상인 것도 맞다. 대신 자신을 무시하는 가족들을 향해 나도 반려견처럼 관심을 달라 하며 항변의 매개체로 삼았다. 이 싸움에서 가장의 몸과 마음은 반려견보다 못한 수준으로 추락해 있다. 가족들이 가장인 그를 반려견보다 못한 천덕꾸러기로 치부하였기에 일어난 부부 싸움인 것이다. 제아무리 잘나가던 사업체 사장도 그 지위를 잃으면 향을 싼 종이처럼 쓸모가 사라진다. 그러나 가족들이 그 종이를 다시 향을 담아 놓을 수 있도록 더 잘 관리하였다면 부부 싸움 같은 건 일어나지 않았을 것이다.

반려견 얘기가 나왔으니 다른 얘기를 하나 더 해 본다. 혼자 사는 사람에게 반려견은 외로움과 쓸쓸함을 덜어주는 유일한 가족이다. 썰렁한 집에서 꼬리를 흔들며 반갑게 맞아주는 반려견이 있어 함께 밥을 먹고 의지하며 즐겁게 살고 있다는 사람도 많다. 과연 이 사람에게는 굴비를 매었던 비린내 나는 새끼줄이 도리어 물에 빠진 자신을 건져주는 모양으로 반려견이 자신을 외로움에서 구해주는 대상일 것이다.

정끝별 시인의 시 「바로 몸」에 다음과 같은 구절이 있다. "똥을 누며/ 이건 어제 점심에 먹은 비빔밥/ 이건 어제 저녁에 먹은 된장찌개/ 오줌을 눌 때마다/ 이건 새벽 갈증에 마신 생수 한 컵/ 이건 아침에 마신 커피 한 잔"이란 구절이다. 우리의 몸과 의식은 하루 이틀의 습관으로 결코 바뀌지 않는다. 연리지 나무가 되기 위해 수십 년 몸을 맞대고 살아야 두 나무의 결이 하나로 이어진다. 사람의 몸도 의식도 연리지 나무와 같은 인내와 끈기로 습관을 들여야 내 몸의 결이 하나로 흐른다는 말이다. 정끝별 시인의 시 「바로 몸」을 읽어 본다.

똥을 누며
이건 어제 점심에 먹은 비빔밥
이건 어제 저녁에 먹은 된장찌개
오줌을 눌 때마다
이건 새벽 갈증에 마신 생수 한 컵
이건 아침에 마신 커피 한 잔

늘 손익분기점 제로를 유지하려
개진하는 몸
반성하는 몸

몸을 부린 만큼 먹지 못하면 배가 고프고
몸에 맞지 않는 옷을 입으면 헛바람이 들고
몸에 겨운 사랑 앞에서는 늘 신열이 난다

몸에 넘치는 것들은

몸을 불리는 독이 되고

몸에 부족한 것들은

몸을 파고드는 못이 된다는 걸

몸이 늘 먼저 안다

– 정끝별 시 「바로 몸」 전문

친구에게 부부 싸움의 내막을 듣고 "개만도 못한 세상" 이구나 생각했다. 그러나 그 생각을 바꾸어 버린 것이 부처 님 말씀 한마디였다. 향내 나는 종이 건, 비린내 나는 새끼 줄이 건, 무엇이 더 소중한 것인가는 잘 생각해 부단히 노 력하며 살아야 한다는 것이다.

돈이 당신이 생각하는 행복의 기준이라면 돈을 쓸 때마 다 행복이 사라지지 않고 쌓이도록 쓸모 있게 써야 행복이 지속 될 것이다. 돈이 있으면 쓰고 보는 습관을 지녔다면 아무리 많은 돈을 벌어도 역시 그 행복은 오래가지 않을 것 이다.

행복이라는 열매는 하루아침에 맺지 않는다. 도란도란 소곤소곤 함께 꿈을 이야기하고, 함께 삶을 이야기하고, 꽃밭을 가꾸듯 아름답게 삶을 가꾸는 사람에게만 행복한 향기가 퍼지는 꽃이 필 것이다. 그런 점에서 시와 가족은 내게 도란도란 속삭이는 꽃밭이고 나를 존재하게 하는 원동력이다. 우리의 몸이 되는 것은 물질적인 육체뿐만 아니라 정신이 깃든 모든 생각까지 더해 우리 몸임을 알아야 한다. 내가 먹는 음식만 몸이 되는 것이 아니다. 내가 갖는 모든 생각들이 우리 몸을 구성하고 있는 것이다. 우리 몸속에 무엇을 얼마나 오랜 시간 도란도란, 소곤소곤 이야기하며 나를 키워 왔는가에 따라 행복지수가 달라지는 것이다.

친구

세상을 살아오며 뒤돌아보니 참으로 많은 사람을 만나며 왔다. 초등학교 친구, 중학교 친구, 고등학교 친구, 30년 직장을 다니며 만난 친구, 그리고 40여 년 글을 쓰며 만난 글 친구들까지 헤아릴 수 없다. 그러나 정작 내 가슴속에 담아둔 친구가 하나도 없다. 아니 많은 친구들을 만났지만 살면서 가슴에 담아두지 않으려고 노력했다.

그러다 보니 나는 지금 내 가슴속에 남은 친구가 나 하나뿐이다. 왜 그렇게 야박하게 살았는지 모르겠다. 스스로가 남에게 의탁하거나 부탁하는 일을 하지 않는다. 땀으로 만들어낸 결과가 아니면 나 자신도 부정해온 습관 때문에

나 스스로 고립을 자초했는지도 모른다. 40여 년 글을 쓰며 시집을 낼 때마다 많은 사람에게 시집도 보내고, 안부도 물으며 평범한 일상을 살아왔다고 생각했다. 그러나 막상 직장을 떠나 글만 쓰며 살다 보니 나의 안부를 물어오는 사람은 많지 않다.

휴대폰에 저장된 전화번호만 해도 천 명 가까이 된다. 매일 시 메일을 수백 명에게 보내는데도 전화를 해 오는 사람은 많지 않다. 과거에는 며칠만 두문불출하면 무슨 일이 있느냐고 묻는 사람이 많았다. 지금은 그런 친구가 없다. 수천 명의 사람을 알고 지내지만 공적(公的)인 관계의 사람들이지 친구의 관계는 아니기 때문이다. 친구라고 생각하던 이들도 술친구였고, 상호 필요에 의한 상대적 관계였다. 내가 그 친구들에게 내 목숨을 내어줄 만큼 사랑한 일이 없었다. 내 삶의 시간이 시계의 시침과 분침, 초침처럼 빠듯하게 움직였기 때문이다.

세상의 모든 꽃이
내 것일 필요는 없다

세상 모든 사람이
다 내 편일 필요도 없다

눈 감고
서로를 보는
너 하나도 너무 많다

- 민병도 시조 「오직 한 사람」 전문

친구를 목숨으로 지켜낼 수 있는 사랑을 실천하며 살아야 진정한 친구가 될 것인데, 나나 친구들 서로가 가식적 관계에 있었다. 그래서 나는 목숨을 내어줄 만큼 절실하게 사랑할 수 없어 친구가 없다. 친구가 없다는 말 속에는 내가 내 목숨을 내어줄 만큼 용기가 없다는 뜻도 있다. 말로만 가식적으로 친구라 말하고 싶지 않다. 민병도 시인은 오직 한 사람만 있어도 세상은 내 편이라 말한다. 그러한 친구가 진정한 친구다.

그러나 친구가 없다고 친구를 잃은 것은 아니다. 사람을 친구로 삼기보다는 그 친구를 대신하는 친구를 만들어 나는 외롭지 않다. 정말 내 목숨을 바쳐 사랑하는 일이 있어서다. 민병도 시인의 시조「오직 한 사람」에는 세상의 모든 꽃이 내 것일 수도 없고, 내 것일 필요가 없다. 내 가슴 속에 내 행복을 만들어 낼 수 있는 삶의 꽃이 심장에 피어 있다면 그것이 가장 소중한 친구다. 그래서 나는 친구로 나를 선택해, 나와 대화하고, 나와 삶의 여행을 하며 살아가고 있다.

사람은 누구나 만남이 있으면 언젠가는 헤어져야 한다. 흐르는 물이 맑아지려면 흐린 물을 걸러주는 여과 과정이 있어야 맑은 물이 그 뒤를 흐를 수 있다. 가슴에 담고 사는 친구도 내 마음속의 흐르는 물처럼 여겨야 한다. 좋은 친구는 내 마음의 흙탕물을 다 씻어준다. 그 흙탕물을 씻어주지 못하면 언젠가는 친구도 나를 떠날 것이다. 내 가슴의 흙탕물을 거두어 줄 친구가 있는가 생각해 보면, 없다. 좋은 친구를 얻으려면 먼저 자신을 가장 좋은 친구로 삼고 스스로의 삶에 아름다움을 깃들게 할 수 있는 사람이 되어야 한다.

나는 지금 나의 가장 좋은 친구, 나를, 아름답게 만들어 가는 중이다.

10월, 독서 이렇게 하자

독서라 함은 남는 시간을 쪼개 책을 읽는 게 아니다. 한 글자를 읽을 만한 틈이 있으면 그 한 글자를 읽는 것이 독서를 하는 마음이다. 책은 읽는 게 아니라 보는 것이다. 그래서 독서는 책을 읽는 모습에 그치지 않고 나 홀로 서서 무엇을 보며 자세를 오래 유지하는 것에 가깝다.

다산 정약용 선생의 오학론(五學論)에는 박학(博學 : 두루, 널리 배운다), 심문(審問 : 자세히 묻는다), 신사(愼思 : 신중하게 생각한다), 명변(明辨 : 명백하게 분별한다), 독행(篤行 : 독실하게 실천한다)이라 하여, 두루 널리 배우고, 자세하게 묻고, 신중하게 생각하고, 바르고 분명하게 판단하고, 성실하게 행동하는 일을 중요시했다. 적어도 독서를 하는 태도에도 이와 같은 마음가짐을 지녀야 할 것이다.

두루, 널리 배우는 일(박학 : 博學)에는 학교를 다니는 일, 여행을 하는 일, 친구와의 대화, 취미 활동 등으로 이 모든 것들 속에 박학의 뜻이 담겨 있음이다. 자세히 묻는 일(심문:審問)은 전문적 식견을 요구하는 전공분야를 더 집중해 공부해야 함이다. 자기 자신만의 전문분야를 몸에 익혀야 세상을 살아가는 데 어려움이 적다. 신중하게 생각하는 일(신사 : 愼思)은 무엇을 진행하고 결정하는 데 있어 한 번 더 생각하는 것이다. 이는 사람 사는 세상에서 가장 크게 필요한 부분이다. 남에게 속지 않는 일, 남을 속이지 않는 일, 인내심이 요구될 때 끈기 있게기 버티는 일 등이 신사(愼思)가 가진 의미이다. 명백하게 분별하는 일(명변 : 明辯)들은 옳고 그름을 판단하는 것을 말한다. 무엇이 옳고 무엇이 그릇됨을 판단할 줄 알아야 세상을 사는 데 올바로 선택을 할 수 있다. 마지막으로 독실하게 실천하는 일(독행 : 篤行)은 아무리 지식이 많고 학문이 깊어도 행동하지 않으면 의미가 없다는 뜻이다. 아는 것을 몸으로 실천하는 일이 그래서 중요하다. 독서란 바로 박학, 심문, 신사, 명변, 독행을 내 몸에 새기는 일인 것이다.

다산 정약용 선생의 오학론에 근거하여 독서를 한다면 왜 책을 읽어야 하는지 말하지 않아도 책 읽기의 목적을 쉽게 이해할 수 있다. 독서는 눈으로, 마음으로, 가슴으로, 온몸으로 하는 것이다. 책을 읽고 그 책의 내용을 파악하는 것만이 독서의 목적은 아니다. 많은 사람들이 책만 읽으면 졸린다는 말을 한다. 이 말인즉, 그 책이 나에게 아무 필요도 없고, 관심 밖이라는 마음 작용이 있기 때문이다.

다음과 같이 독서를 해 보라.

첫째, 독서는 대화의 한 방법이 되어야 한다. 책을 통해 내가 듣지 못한 말, 생각하지 못한 말 등을 책에서 듣는 것이다. 둘째, 책을 읽어야 독서라는 편견을 버려야 한다. 독서는 나를 찾는 일이다. 책을 버리고 마음을 바라보는 독서를 해야 한다. 여행을 하고, 친구를 만나고, 사랑을 하고, 자연을 만나는 일도 독서다. 셋째, 자신의 취미 분야의 책을 100권 이상 읽어야 그 취미가 전문적 지식을 가질 수 있다.

취미라 함은 자신이 가장 좋아하는 일이다. 자신이 좋아하는 일에 대하여 100명의 저자를 책에서 만났을 때 어떻게 내 취미를 발전시켜 나갈 것인지, 그 방향을 확인할 수 있기 때문이다. 마지막으로 책은 사서 읽어라. 돈을 주고 책을 산다는 것은 꼭 필요한 것이라는 인식을 주기 때문이다. 필요하지 않은 책은 한 번 읽고 버리게 되어 있다. 내게 평생 필요한 책이라면 곁에 두고 평소에도 읽고 읽어 책의 저자가 무엇을 말하고, 무엇을 생각하며 글을 썼는지 알 수 있다.

옥이 흙에 묻혀 길가에 밟히이니
오는 이 가는 이 흙이라 하는구나
두어라 알 이 있을 지니 흙인 듯이 있거라

- 윤두서(1668년~1715년) 시조 「옥이 흙에 묻혀」 [병와가곡집] 중

윤두서(尹斗緖)의 책에는 숱한 보석이 숨겨 있다. 책 속의 보석은 책을 읽는 사람만이 갖는다. 책을 읽지 않는 사람은 그 보석의 가치를 모른다. 윤두서는 옥에 흙이 묻어서 길가에 버렸더니 지나가는 사람이 흙인 줄 알고 모두 그냥 지

나가나, 그 옥을 알아보는 사람이 있을 것이니 그냥 길가에 두라고 말한다. 책도 읽는 이에 따라서 흙 속의 옥을 발견할 수도 있고, 옥임에도 흙처럼 보아 그 옥을 구분하지 못하는 사람도 있게 마련이다.

이 세상에 나쁜 책은 단 한 권도 없다. 내용이 불량하다고 그 책을 외면하면 불량한 것이 무엇인지 분별할 수 없다. 불량한 것을 알기 위해서라도 불량한 책을 읽어야 한다. 지금까지 독서의 진실을 찾지 못해 책을 멀리했다면 사랑하는 사람의 얼굴부터 바라보고 그 마음을 읽어보라. 열심히 살고 있다면 그 삶의 책보다 좋은 책은 없다. 지금 나를 키운 부모님의 사랑을 잊지 않고 살아간다면 당신은 가장 좋은 책을 읽고 있는 것이다

그래서 10월이면 단풍이 드는 산과 들로 아름다운 풍경을 보러 다니는 것이다. 종이로 된 책만 책이 아니다. 그림이 될 수도 있고, 음악이 될 수도 있고, 장난감이 될 수도 있고, 가족이나 친구가 될 수도 있고, 동물과 식물이 될 수도 있고, 흙과 모래가 될 수도 있다. 그 모든 소재가 책이다.

책의 재료가 되는 것부터 좋아하게 되면 책을 읽을 때 그 소재들을 이해하기 쉽고, 더 친근감 있게 책을 이해하게 된다. 나의 독서법이다. 책의 재료가 되는 것에 관심을 갖고 좋아하면 자연스럽게 그 분야의 책을 읽게 된다. 그게 책을 가장 오래 손에서 놓지 않을 수 있는 방법이다.

이제 용서하고 용서받자

용서(容恕)라는 말은 "지은 죄나 잘못한 일에 대하여 꾸짖거나 벌하지 아니하고 덮어 주는 것"이라고 사전적으로 정의하고 있다. 우리는 하루에도 수백 번, 수천 번, 남의 잘못이나 나의 잘못에 대하여 눈 감고 덮어 주며 살고 있다. 그 모든 용서의 마음으로 스스로 자기 자신도 모르게 지은 죄들에 묵인하며 세상을 살아간다.

무엇을 얼마나 많이 덮었는지 모를 것이다. 아침에 일어나면 마시는 물, 내 것이 아니고 자연의 것이다. 어제 먹은 음식이 소화되어 화장실을 오가며 배설한 똥, 오줌, 이 또한 내가 세상을 더럽힌 죄이다. 부모나 형제, 아래로는 자식이나 손자 손녀가 있다면 이들이 먹고사는 모든 일들 또한 내가 태어났고, 그런 나로 인한 인연 때문에 만들어진 일들이다. 이 모든 순리가 우리 스스로 용서하는 마음을 가졌기 때문에 살아지는 것이다.

내 가정을 벗어나 세상으로 나가도 모든 행들이 죄가 된다. 행동 하나하나가 합리화된 죄들이다. 정치인은 정치를 통해 세상을 더럽히고, 장사꾼은 장사를 통해 세상을 더럽히고, 사업을 하는 사람은 사업을 통해 세상을 더럽히며, 종교인은 종교적 믿음을 통해 세상을 더럽힌다. 교육자가 바르게 교육하였다면 세상에 죄지은 사람이 없을 것이며, 공무원이 공무수행을 바르게 했다면 세상이 어지럽지 않을 것이다. 모두 자기 양심을 속이고 스스로의 잘못을 용서해서 생긴 일들이다. 소크라테스의 "너 자신을 알라"라는 말은 자기 자신에게 내려진 사형의 죄를 받아들이며 세상을 향해 던진 말이다.

어느 누구의 탓이라 말하며 덮을 수 없다. 우리 스스로 지은 양심을 거스른 죄는 받지 않고 남의 탓만 하며 살고 있지는 않는가. 산의 나무가 곧게 서지 않은 것은 그 산을 지나가는 바람 탓만이 아니다. 새가 와 울고 간 탓도 있고, 끝없이 그리움을 남기고 간 물소리 탓도 있을 것이며, 세상을 자유롭게 떠다닌 흰구름의 탓도 있고, 해와 달, 별빛이 아름답게 비추어 준 탓도 있을 것이다. 그럼에도 나무는 나무가 자라고 싶은 방향으로만 자라지 않는다. 햇빛을 따라, 바람을 따라, 물을 따라 휜다. 그래서 나무는 나무의 방향과 무관한 용서를 택하고 스스로를 채찍질하는 나이테를 두른다.

언젠가 천주교 종교 단체에서 '모두 다 내 탓이오'라고 하는 캠페인을 벌였다. 세상에 죄지은 자 없고, 죄짓지 않은 자 없다는 자기반성에 대한 침묵의 항거라 생각하며 캠페인을 벌였으리라. 그래서 나, 스스로에게 되묻는다. 나는 어디까지 나를 용서해 왔고, 내 잘못에 대하여 나는 어느 선까지 용인해 왔는가. 벌레 한 마리 죽이고 그 잘못을 고했는지, 풀 한 포기 뽑아 놓고 그것이 죄라고 생각하였는지. 내 양심으로 해결한 암묵적 용서들은 그에 따른 어떤 벌도 받지 않은 일들이다.

지금 세상은 끊임없이 과거에 대한 죄를 단절해야 한다고 말한다. 일본인들은 조선 식민에 대한 자기반성의 용서를 해야 하고, 군사정권의 실세들은 그 기간에 저질렀던 죄에 대하여 용서를 해야 한다고 하고, 산업화 과정에서 소외받고 인권을 침해했던 비도덕적 행동을 한 기업인들도 용서를 해야 한다고 한다. 또한 지식인과 종교인 모두는 선각자로서 세상의 암흑기에 그 암흑의 굴레를 그대로 묵인한 양심에 대하여 용서를 구해야 한다고 한다.

　용서란 토끼가 먹고살기 위해 풀을 뜯어 먹는 일부터 시작하여 호랑이가 그 토끼를 잡아먹는 일까지의 모든 행동에서 벌어진 죄까지 포함해 말하는 것이다. 그 죄를 품어주는 마음이 용서다. 그러니 풀을 뜯어 먹은 토끼나 토끼를 잡아먹은 호랑이나 그 용서의 범위는 다르지 않아야 한다. 때가 늦으면 용서할 수 없다. 지금 우리는 스스로 용서하고 용서받아야 할 때이다. 토끼로 살았건 호랑이로 살았건, 세상을 살며 지은 죄를 용서하지 않고 용서받지 않으면 영원히 양심의 죄를 가슴에 묻고 살아가야 한다. 용서하지 못하고 죽게 되면 자식과 자손들에게까지 죄를 대물림하게 된다.

이제 우리 스스로 용서해야 한다. 좌측의 팔이 잘못한 부분이나 우측의 팔이 잘못한 부분, 모두 내 몸에서 이루어진 죄들이다. 우측에서 좌측의 손을 헐뜯고, 좌측에서 우측의 손을 언제까지 헐뜯으며 살 것인가. 우리가 사는 세상, 이제는 용서하며 그 잘못을 녹여내고 끓여내는 가마솥이 필요하다. 내 작은 행동 하나하나가 그늘이 되어 뜨거운 햇볕을 막아주어야 한다. 그리고 꽃밭 꽃들이 내 그늘 때문에 꽃피지 못했다면 내가 거기 서 있던 그 시간까지도 용서를 구해야 한다. 그러한 마음으로 용서가 오가야 진정한 용서가 아닐까. 무릎을 꿇는다고 다 용서가 아니다. 주먹을 풀었다고 다 용서가 아니다. 용서란 지은 죄만큼 그 잘못에 대한 벌을 스스로 받아야 한다. 물질적인 벌이건 신체적인 벌이건 정신적인 벌이건, 행동으로 보여 주어야 한다. 그 마음을 잘 나타내 주는 감태준 시인의 시가 여기 있다.

주먹을 불끈 쥐면
돌이 되었다
부르르 떨면 더 단단해졌다.

주먹 쥔 손으로는
티끌을 주울 수 없고
누구한테 꽃을 달아줄 수도 없다.

꽃을 달아주고 싶은 시인이 있었다.

산벚꽃 피었다 가고
낙엽이 흰 눈을 덮고 잠든 뒤에도
꺼지지 않는 응어리
그만 털자, 지나가지 않은 일도 터는데.

나무들 모두 팔 쳐들고 손 흔드는 숲에서
나무 마음을 읽는다.
주먹을 풀 때가 되었다.

- 감태준 시 「주먹을 풀 때가 되었다」 전문

주먹을 쥐면 싸우겠다는 것이고, 싸움에서 서로 주먹을
풀면 그만 싸우겠다는 뜻이다. 서로 주고받는 주먹질 대신
두 주먹을 풀고 화해의 악수를 하면 주고받은 주먹질을 용

서한다는 뜻이다. 우리가 과거의 잘못을 용서하지 않고 용서받지 않으면 마음속에는 앙숙의 모습만 남아 그 잘못을 저지른 본인들이 세상을 떠난 후에는 진정 용서하기가 어려워진다. 개인이 되었건, 단체가 되었건, 국가가 되었건, 용서를 먼저 해야 용서받는다.

가끔 장례 치르는 모습을 보면 눈물바다를 이룬다. 모두 고인에 대한 용서를 빌지 않아 마지막 떠나가는 사람에게 용서를 구하는 마음에서 눈물을 쏟는 것이다. 용서를 구하는 사람보다 용서하는 입장의 사람이 더 큰 용기를 내야 한다. 용서를 비는데도 용서를 받아주지 않는다면 용서는 이루어지지 않는다.

나도 나에 대하여 지난 과거의 삶을 매일 용서받기 위해 마음속에 잘못을 고하고 용서를 구하고 있다. 그 용서를 구하는 마음이 내 생의 남은 숙제다.

죄(罪)

세상을 살다 보면 우(愚)를 범(犯)하지 않을 수 없다. 농사꾼은 밭의 풀을 뽑아야 하고, 대장장이는 쇠를 달구어 망치로 두들겨야 하고. 악공은 소가죽과 나무를 잘라 악기를 만들고, 말을 타려면 채찍을 쳐야 한다. 어디 그뿐인가. 넓은 길을 내려면 작은 생명들을 모두 제거해야 한다. 이 모두가 사람이 살자고 하는 세상에서 벌어지는 일들이다. 의식주를 해결하기 위해 작든 크든 죄를 짓지 않고는 하루도 살수 없는 것이 사람살이다.

노벨은 다이너마이트를 만들어 팔아 돈을 벌었다. 노벨이 개발한 다이너마이트로 수많은 사람들이 목숨을 잃었다. 누군가는 돈을 벌지만 누군가는 희생되는 세상에 우리는 살고 있다. 위대하다는 것은 그만큼 다른 무엇인가를 헤쳤다는 결과다. 전장의 영웅들은 모두 적을 물리쳐야 승리한다. 시대의 위인들은 제도를 만들기 위해 기존의 관습을 허물어야 한다. 우(愚)를 범(犯)하지 않고는 결과를 얻을 수 없기 때문이다.

죄란 무엇인가? 생각을 해 본다. 나를 위해 다른 무엇인가를 헤치는 일이 죄다. 그러니 밥을 먹는 일부터 옷을 입는 일, 행동하는 모든 게 다른 무엇인가에게 피해를 주니, 그 행동들이 모두 죄다. 죄로부터 자유로울 수 있는 사람이 세상에 단 한 사람도 없다. 하지만 대부분 사람들은 이런 일상의 생활에서 발생하는 일들을 죄라 여기지 않는다. 살아가기 위한 최소한의 수단이니 죄로 생각하지 않는 게 일반적이다.

나는 그러한 삶의 수단들에 대한 회의를 갖고 살아왔다. 그 수단들이 정당화될수록 세상은 혼란스럽고 법의 울타리에 갇혀 살아가야 한다. 세상의 법이 두꺼우면 두꺼울

수록 이권의 분쟁이 심각해진다. 경계할 것들이 많아졌다는 증거가 법이다. 이럴수록 사람의 삶에서 양심이 가장 먼저 작용해야 하고, 그 다음 도덕, 법은 최후의 수단으로 사용되어야 한다. 현대 사회에서는 너나 나나 '법대로 하자'라는 말을 쉽게 한다. 그만큼 양심과 도덕의 기능이 상실된 것이다.

나는 詩를 쓰며 詩도 양심의 法이라 믿는다. 글을 쓰기 위해 버린 파지들을 생각하지 않을 수 없고, 시를 쓰기 위한 내 행동들이 가족들에게 걱정과 우려를 주고 있다는 것도 부정할 수 없다. '물의 깊이가 깊은 만큼 물의 빛이 푸르다'는 말에도 죄가 숨어 있다. 마음의 깊이를 깊게 파내기 위한 나로 인해 가족이나 친구들이 겪어야 하는 고통은 이루 말할 수 없다. 내가 좋아 글을 쓰지만, 글과 무관한 가족들은 생계에 도움도 되지 않는 나의 글쓰기에 맘고생이 많다. 많은 사람들에게 나는 그러한 마음의 죄를 지으며 하루하루 살아왔다.

껍질이 단단하면

그 속이 연한 거고

껍질이 연하다면
그 속이 단단하다

사람의
마음이라고
그 껍질이 뭐 다를까?

– 임영석 시 「껍질論」 전문

　풀, 굼벵이, 지렁이 같은 미물은 먹이 사슬의 최하위에 놓여 있다. 그만큼 먹이 사슬에서 살아가기 위해 번식 능력도 뛰어나야 한다. 사람의 삶은 먹이 사슬의 최상위자로 자연을 많이 망가트리며 살아간다. 자연을 직접 망가트리지는 않아도 그 흐름에 몸을 맡기고 살아가는 이상, 모두가 동조자이고 공범이다. 자연 앞에 나도 그런 죄인의 한 사람이다.

　나는 나의 양심의 죄에 끝없이 반성한다. 그 죄를 용서받기 위해 글을 쓴다. 나에게 이 세상은 넓은 교도소나 다름 없다. 몸으로 지은 죄, 마음으로 지은 죄, 행동으로 지은 죄, 생각으로 지은 죄, 이루 말할 수 없다. 내가 풀잎으로 살아갈 수도 없다. 굼벵이나 지렁이로 살아갈 수도 없다. 사람으로 태어난 이상 사람으로 살아가야 하는 운명, 그 운명이 짊어진 죄는 스스로 풀어내고 스스로 치러야 한다. 그래서 글을 써서라도 용서받기를 바란다.

날마다 뉴스에는 덧없는 사람들의 죄를 묻는다. 나는 나의 죄를 스스로 묻는다. 사랑이란 명목으로 아픔을 주고, 가족이란 이름으로 고통을 주고, 친구란 이름으로 나의 모든 허물을 덮어달라고 부탁만 해왔다. 내 모든 죄, 그 죄를 늘 깊이 새기며 살고 있다. 내 가족, 내 친구, 지인들의 깊은 이해가 없었다면 어찌 40년이란 시간 글을 쓰며 버틸 수 있었을까. 내게는 내 삶의 죄를 품어주고 삶을 지탱해 준 이들이 내 삶의 의자다. 의자론은 자연과 사람 사이에 조화를 만들어서 내가 지은 삶의 죄를 앉게 해준 시조이다.

물에게 바닥이라는 의자가 없었다면

평등을 보여 주는 수평선이 없었을 거다.
물들이 앉은 엉덩이 그래서 다 파랗다.

별빛에게 어둠이라는 의자가 없었다면
희망을 바라보는 마음이 없었을 거다.
별빛이 앉은 엉덩이 그래서 다 까맣다.

의자란 누가 앉든 그 의자를 닮아 간다.
풀밭에 앉고 가면 풀 향기가 스며들고
꽃밭에 앉았다 가면 꽃향기가 스며든다.

– 임영석 시조 「의자論」 전문

사라지는 것들에 대하여

세상에 존재하는 모든 이름은 그 이름이 갖게 된 이유가 있다. 우리 속담에 '이유 없는 무덤 없다' 라는 말도 있지 않은가. 돌은 돌 취급받는 이유가 있고, 보석은 보석 대우를 받는 이유가 있다. 그러나 요즘 그 타당한 이유가 점점 상대를 공격하는 화살로 변해가고 있다. 자기 자신이 돌인지 보석인지도 구분 못하는 세상이 되어 간다.

우리가 살아가는 세상을 돌아보면 많은 것을 알 수 있다. 대동강 물을 팔아먹은 봉이 김선달은 희대의 사기꾼이다. 그러나 보라. 현재 생수를 팔고 그 물을 사 먹는 것이 보편화 된 세상이다. 물 뿐만 아니라 정수기를 빌려주고 오염된

물을 걸러 먹는 세상이지 않은가. 어디 그것뿐인가. 공기가 좋지 않아 공기 정화기를 만들어 팔고, 빨래하는 세탁기, 소나 말을 대신하는 자동차 등 우리 생활에 쓰이고 있는 것들 대부분 기계화 됐다.

이 모든 변화의 흐름을 보면 그 변화들은 과학발전 동반으로 먹던 물이 오염되고, 공기가 오염이 되고, 천연 소재가 아니라 화학적으로 가공된 물건들이 만들어지면서 또 다른 오염을 낳고 있다. 지금은 마지막 마지노선처럼 남아 있는 것이 하나 더 있다. 자유롭게 숨 쉬었던 산소, 그리고 미세먼지 문제다. 벌써 봄가을로 미세먼지를 계측해 알려주는 시대가 되었다. 먼 나라의 일로 치부했던 스모그 현상, 그 환경적 문제가 우리의 현실이 됐다.

사람이 아무리 경제적, 과학적 발전을 이루어도 물, 불, 산소(공기) 문제는 이제 가장 우선으로 생각하고 살아야 하는 처지에 직면했다. 어쩌면 땅 위의 공기가 좋지 않아 이를 차단하기 위해 물속 깊은 곳에 집을 짓고 살아야 할 날이 만화 속 얘기처럼 멀지 않았는지도 모른다. 더러운 공기를 차단할 벽을 세운다는 것은 현실적으로 불가능하다. 그래서 공기정화기와 정수기가 공급되고 쓰레기를 처리하는 소각장이 세워지는 것이다. 이는 동식물이 사라지는 것들에 그치지 않고 더 많은 위험에 인간이 노출되었다는 것을 말해 준다. 그런 물질을 인간이 배출하고 있으니 살아 있는 동안 겪어야 할 위기인 것이다.

하루에도 수없이 많은 생명들이 지구상에서 멸종되며 사라지고 있다. 그 사라지는 이유는 모든 사람이 만들어내는 오염물질 때문이다. 환경 오염이 부른 참사다. 그 흔했던 반딧불이를 보는 일도 이제 쉽지 않다. 또 여름이면 들리던 소쩍새 울음도 급속한 도시화로 들을 수 없게 되었다. 사람이 자연 생태계 변화에 무감각하게 대처하고 대응하여 생긴 일이다. 단순히 이들 개체가 사라진 것만이 문제가 아니다. 이들의 환경이 곧 사람이 살아갈 수 있는 환경의 한계에 달했음을 알리는 신호라는 것이다. 사람의 환경도 이들 생태계가 맞고 있는 문제에 직면할 날이 곧 임박했다는 신호임을 분명하게 느껴야 한다. 생태환경 변화에 대한 정보를 국민에게 매년 상세하게 알려야 할 의무와 책무를 국가와 지자체는 통감해야 한다. 국회와 지방 의회는 이 생태 지표를 살펴 해마다 공표하도록 해야 한다. 도시의 생태지수가 좋고 나쁘다는 지표를 공표해 건강하게 살고 싶은 사람은 자연 가까이에서 살 수 있도록 유도해야 한다. 그 지표들은 과학적 계측도 필수적으로 따라야겠지만 생태환경, 즉 물고기의 환경지수, 새와 같은 날짐승의 환경지수, 지렁이, 개구리, 뱀, 말똥구리 등의 환경지수 등을 구분해 건강한 도시의 지표로 삼아야 한다. 그렇게 되려면 최소한 이런 개체들이 살고 있다는 것을 그 같은 환경에 살고 있는 사람들이 확인할 수 있게 만들어야 한다.

반딧불이가 사라진 것이 뭐가 그렇게 중요하냐고 물을 수도 있다. 지율스님께서 천성산 도롱뇽을 지켜내기 위해 단식 투쟁을 하는 것을 비아냥대는 사람들도 있었다. 그깟 도롱뇽이 무엇인데 터널 공사를 막느냐? 고속도로 하나를 만들면 삶의 속도는 빨라지고 소요되는 시간은 단축이 된다. 맞다. 그러나 삶의 속도만큼 후대 사람들이 겪어야 하는 위험도도 높아지고 빨라진다. 반딧불이는 다슬기의 애벌레를 잡아먹고 산다. 반딧불이가 살아가기 위해서는 다슬기가 살아 있어야 한다. 다슬기는 냇가나 강의 물이 오염되면 살지 못한다. 말 그대로 이들의 있고 없음이 곧 청정함의 지표가 되는 것이다. 청정한 지역이냐 아니냐는 것이 반딧불이 불빛 하나로 증명된다는 뜻이다. 그래서 도롱뇽이 사는 것 하나만 봐도 그 지역은 오염되지 않았다는 것이고, 반딧불이 하나만 보아도 그 냇가와 강이 깨끗하다는 것을 알 수 있는 것이다.

포유류들은 새끼를 낳아 젖으로 키운다. 그 포유류 중 하나가 바다에 사는 고래들이다. 먼 과거에는 고래도 육지에 살았다고 한다. 그 고래들도 자신을 잡아먹는 천적들을 피해 바다로 삶의 둥지를 바꾸기까지 숱한 시련을 거쳤을 것이다. 나는 그 고래들의 발자국을 찾아내고 싶었다. 사람도 그 고래들처럼 때만 되면 정리 해고를 당하고, 불법체류 외국인 노동자들은 강제 추방을 당하고 있다. 마치 고래가 바다로 숨어들어야 하는 상황과 비정규직들이 살아가는 삶의 모습이 비슷하다는 생각이 든다. 그런 생각으로 쓴 시가 고래 발자국이다.

시간을 거슬러 올라갈 수 있다면

고래들의 발자국을 보고 싶다

고래가 발을 버리고 왜 지느러미를 갖게 되었는지

무슨 아픔이 있어 바다로 몸을 숨겼는지

발자국을 보면 그 의문이 풀릴 것만 같다

새끼를 낳고 젖을 물리는 고래들의 발자국을

고고학자들은 왜 아무도 찾지 않을까

바닷속 어딘가는 두 발로 혹은 네 발로 걷던

발자국 무덤들이 가득히 있을 것인데

수천 년 동안 고래 발자국을 본 사람은 아무도 없다

사람이 역사(歷史)를 발로 쓰고 다닐 때

고래들은 천 리 밖에서 들을 수 있는 소리를

바닷속 가득 풀어놓고 낙엽처럼 밟고 다녔을 것이다

그 발자국 따라 오늘도 새우떼를 쫓을 것이다

- 임영석 시 「고래 발자국」 전문

  사람이 더 이상 지상에서 숨을 쉴 수 없는 날이 오면 고
래처럼 물속으로 숨어 들어갈 날이 올 거라는 것도 염두해
야 한다. 먹고사는 문제는 사람의 일이지만 환경의 문제는

사람뿐만 아니라 지구상에 사는 생명체 모두의 문제다. 다함께 지구의 환경을 지켜내지 않으면 서로 죽이고 죽는 전쟁보다 더 극한 위기를 맞을 것이다. 코로나19 같은 위험 신호는 시작에 불과하다. 전쟁에서 수많은 적군을 죽이고 승리를 이끈 장수보다 민간인 한 사람 더 살리려는 장수를 더 훌륭한 장수라 한다. 지금도 사라지고 있는 동물, 식물, 곤충, 나무 등을 사람 곁에 살아 있도록 지켜내는 것이 사람이 건강하게 살 수 있는 유일한 방법이라 생각하다.

연말연시(年末年始)에

세상을 살다 보면 먹기 싫어도 먹어야 하는 것이 나이다. 한 해가 지나가고 새로운 해를 맞이하는 연말연시(年末年始)다. 우리나라는 다행히 사계절이 분명해 봄, 여름, 가을, 겨울이라는 계절의 흐름을 잘 느낄 수 있다. 마치 인생의 절기도 이렇다는 것을 알게 하는 좋은 사계절이다.

한 해의 마지막을 보내는 마음, 새로운 한 해를 맞이하는 마음 등 새롭게 각오하고 다짐한다는 것은 중요한 의미를 지닌다. 삶의 목표를 갖고 그 목표를 향해 노력하고 살겠다는 희망을 품을 수 있다. 지구상에서 생명을 가진 모든 것은 자기 자신의 유전자를 지키려는 본능을 지닌다. 식물이

건 나무이건 동물이건 지구 환경에서 끝까지 살아남으려는 생명력을 갖고 태어난다.

사람이 지구상의 유인원으로 생각을 하고 행동을 하고 기록을 남기며 무궁한 과학발전을 통해 그 어떤 생명체보다 탁월한 능력을 개발하며 살아왔다. 덕분에 스스로 무엇이 문제이고 그 문제를 보완하기 위해 어떻게 해야 하는지 무던하게 노력해왔다.

1

부모구존(父母俱存)하시고 형제무고(兄弟無故)함을
남에게 이르되 우리 집이 갖다터니
어여쁜 이내 한 몸은 어디 갔다가 모르뇨.

2

부모님 계신 제는 부몬 줄을 모르더니
부모님 여읜 후에 부몬 줄 아노라.
이제사 이 마음 가지고 어디다가 베푸료.

3

지난 일 애닯지 마오 오늘 날 힘써스라.

나도 힘 아니 써 이리곰 애닯노라.

내일랑 바라지 마오 오늘 날을 아껴스라.

4

형제 열이라도 처음은 한 몸이라.

하나이 열인 줄을 뉘 아니 알리마는

어떻다 욕심에 걸려 한 몸인 줄 모르느뇨.

5

젊던 이 늙어가고 늙은이 져서 가네.

우리 종족(宗族)이 또 몇이 있는고.

이제나 잡 마음 없이 한잔 술을 나눠 먹세.

6

공명(功名)은 재천(在天)하고 부귀(富貴)는 유명(有命)하니

공명부귀는 힘으로 못하려니와

내 타난 효제충신(孝悌忠信)이딴 어느 힘을 빌리오.

– 이숙량(1519~1592) 시조 「분천강호가(汾川講好歌)」 전문

예나 지금이나 사람이 사는 데 시간의 중요성에 대해 말하는 것은 변함이 없다.

이숙량(李淑樑) 선생의 시조 속에서도 '지난 일 애달프지 말고 오늘을 힘써 살아라/ 나도 힘 아니 써서 이렇게 애달프다/ 내일을 바라지 말고 오늘을 더 아껴 살아라'라며 하루하루의 삶이 얼마나 소중한지를 일깨운다. 흘러가는 세월만 아깝다고 뒤돌아보며 후회하면 이렇게 나이만 먹어 무엇 하나 해 놓은 것이 없다 보니 내일이 와도 크게 기대하는 게 없다. 그러니 오늘을 아껴서 노력을 해야 한다는 말이다.

年末은 한 해의 마지막이라는 뜻이고 年始는 한 해의 시작을 뜻한다. 이때 주고받는 말이 덕담(德談)이다. 덕담은 앞으로의 삶을 더 잘 되게 빌어주는 말이다. 옛날부터 어른들에게는 건강을 소망하는 인사를 드리고, 젊은이에게는

꿈을 갖도록 하는 인사를 건넨다. 그러나 점차 사람 사는 방식이 바뀌고, 기대수명도 높아지고, 의학이 발달하면서 연말연시에 주고받는 덕담과 인사말도 바뀌고 있다. 더구나 직접 찾아가 인사를 드리기보다 전화나 이메일, 문자 등으로 그 방법도 많이 변했다.

망년회나 신년회 같이 서로 모여 술잔을 기울이는 것도, 서로 술잔을 나누며 괴로운 일은 잊고, 좋은 일은 서로 나누며 더 좋은 내일을 새롭게 맞이하겠다는 다짐에서 비롯된다. 나무가 나뭇잎을 떨구지 않고 새로운 봄을 맞이할 수 없다. 사람도 나무처럼 새 마음을 맞이하기 위해 다짐이 필요한 것이다.

옛 시절에는 덕담으로 그림을 그려 주거나, 아니면 붓글씨를 써 선물을 주기도 했다. 복을 기원하는 의미로 복복 (福) 자나, 장수를 하라는 뜻에서 목숨 수(壽) 자를 부채에 써 주기도 했다. 어디 그뿐인가. 사란사형(似蘭斯馨) 여송지성(如松之盛)이란 글처럼 "난초와 같이 향기롭고, 소나무와 같이 성하리라"라는 문구를 써주기도 했다. 그러나 지금은 이런 글과 마음을 전하는 풍습이 많이 사라졌고, 덕담의 참 뜻도 많이 퇴색됐다. 고작 전하는 말이 카톡이나 이메일로 소원성취 정도를 빌고 있으니 마음의 여유가 그만큼 없어졌고, 사람 사이에 정을 나누는 일 역시 적어졌다.

덕담으로 많이 쓰이는 말들을 새겨 본다. 근하신년(謹賀新年), 삼가 새해를 축하하고 복을 빕니다. 서기집문(瑞氣集門), 좋은 일은 대문 앞에 줄지어 모이고, 상서로운 기운은 집안에 모인다. 쾌도난마(快刀亂麻), 헝클어진 삶을 잘 드는 칼로 자른다. 봉정만리(鵬程萬里), 봉새가 날아갈 길이 만리이니 앞날이 창창하다. 공자천주(孔子穿珠), 공자도 구슬 꿰는 것을 몰라 물어봤다는 뜻으로, 모르는 것을 물어보는 것은 부끄러운 일이 아니다. 극세척도(克世拓道), 험난한 세상은 극복하고 새로운 세상을 개척하라. 마부정제(馬不停蹄), 달리는 말은 말굽을 멈추지 않는다. 토고납신(吐故納新), 묵은 것은 토하고 새것은 마신다. 유지경성(有志竟成), 뜻이 있는 사람만이 그 뜻을 이룬다. 심청사달(心淸事達), 마음이 맑으면 모든 일이 잘 이루어진다. 전도양양(前途洋洋) 앞길이 장애가 없이 넓다. 온고지신(溫故知新), 옛것을 익히고 그것을 미루어 새로운 것을 알아간다. 마부위침(磨斧爲針), 도끼를 갈아 바늘을 만든다는 말로 피나는 노력을 하라. 천류불식(川流不息), 강은 흘러 쉼이 없다. 덕건명립(德建名立), 덕으로써 세상의 모든 일을 행하면, 자연이 이름도 서게 된다. 이 외에도 사자성어는 쓰는 글 뜻에 따라 좋은 마음을 전하여 왔다. 요즘은 한글로 사랑합니다, 존경합니다 등의 글을 많이 써 주기도 한다.

재물이 많다고 행복이 넘치는 것은 아니다. 가난하다고 행복하지 않은 것도 아니다. 이숙량 선생의 시조처럼 내일을 바라지 말고 오늘 최선을 다하면 된다. 연말연시는 내 삶에 최선을 다하며 살고 있는지 뒤돌아보게 한다. 올 연말연시도 많은 사람이 자기 자신을 잘 뒤돌아보고 미래를 잘 준비하길 바란다. 더불어 가족과 친구 모든 이들에게 덕담의 글 한 줄 써서 마음을 전하면 좋겠다.

세월을 엿보다

10월은 풍성함으로 가득하고 11월은 쌀쌀한 느낌으로 다가와 있다. 10월과 11월의 차이는 며칠을 사이에 두고 그 느낌이 확연히 다르다. 이렇게 며칠만으로 계절이 확 바뀌는 건 분명 사람이 사는 삶에 반면교사(反面教師)로 삼으라는 뜻일 것이다.

사람 사는 삶에도 봄, 여름, 가을, 겨울의 계절이 있다. 봄은 20대까지의 성장 시기이고, 여름은 40대까지 삶을 꽃피우는 때이며, 가을은 결실을 거두어들이는 60대이고, 겨울은 60대 이후 노년의 시간이다.

과거의 세월을 말하는 속담 들이다. '세월에 속아 산다', '세월은 사람을 기다려 주지 않는다', '세월이 가는지 오는지 모른다', '가는 세월 오는 백발', '자기 늙는 줄은 몰라도 아이들 자라는 것은 안다', '십 년이면 강산도 변한다', '신선놀음에 도낏자루 썩는 줄 모른다', '세월이 약', '앞길이 구만리 같다', '늙어도 기생' 등등의 수많은 속담들이 삶을 어떻게 살아가야 하는지 잘 말해주고 있다.

자연의 풍경 속에서 삶의 흐름을 보고자 한다. 봄은 씨앗을 뿌리고 봄바람에 희망의 싹을 움 틔우는 계절이다. 여름은 싹 틔운 것들이 신록의 푸르름을 더하며 뜨거운 볕을 이겨내고 꽃을 피운다. 가을은 맺어 놓은 열매들을 잘 익혀 씨를 맺는 계절이다. 겨울은 지난 계절의 시간을 다 들여다보며 상처가 나고 아픈 시간의 흔적을 통해 새로운 봄을 어떻게 준비해야 하는가 숙고하게 하는 계절이다.

삶과 시간의 이야기는 사람이 자주 화두로 삼아 근본을 깨우치고 배워가야 할 것들이다. 문학도 사람의 삶 속에 흐르는 시간을 이야기하는 행위이다. 결국 시간은 모든 문학의 배경이 된다.

우리가 잘 아는 러시아 시인 푸스킨의 시 「삶」이다

삶이 그대를 속일지라도
슬퍼하거나 노여워하지 말라
슬픈 날을 참고 견디면
즐거운 날이 오리니

마음은 앞날에 살고
지금은 언제나 슬픈 것이니
모든 것은 덧없이 사라지고
지나간 것은 또 그리워지나니

– 알렉산드르 세르게예비치 푸시킨
시 「삶이 그대를 속일지라도」 전문 / 백석 옮김

푸스킨의 시 「삶」도 인내하고 노력하고 기다리는 대기
만성의 정신을 말하고 있다. 그리고 지나간 시간에 대해 너
무 집착하지 말고 미래를 보고 노력하며 살면 지나간 모든

것은 그리움을 만드는 아름다운 과거가 될 것이라 말한다. 힘든 여정을 건너뛰어 꽃 피는 것은 없다. 꽃들도 작은 꽃씨가 땅속에서 싹틔워 자라 꽃을 피우기까지 숱한 시련을 이겨내야 가능하다. 그래야 다시 열매를 맺을 수 있다.

시간은 과거, 현재, 미래로 구분되기도 하지만 언제나 현재 시점에서 바라볼 수밖에 없다. 지금 순간 과거와 미래가 어떻다고 말하는 것은 상상일 뿐이다. 하지만 시간은 현재를 통해 미래를 지향하고 의지를 불사르고 노력을 이끌어 낸다.

오늘 이 시간에 살아 있어야 현재라는 시간과 존재감을 더 확실하게 확보한다. 그 시간이 계절을 만들고 삶을 바꾸어 놓는다. 시간이란 무한함의 성질을 가졌다. 그러나 사람의 생명이 그에 상응하지 못하기에 정해진 유한적 시간을 잘 활용해야 한다.

사람은 살면서 시간이 '짧다', '길다'라는 말을 많이 한다. 짧다고 생각하는 사람은 무엇에 몰두하고 바쁘게 인생을 살고 있는 것이고, 길다고 생각하는 사람은 그에 반하는 삶을 살고 있는 경우다. 여러 얼굴을 가진 시간을 잘 사용하기 위해서는 계획을 잘 세워 살아야 한다. 아침에 일어나 저녁에 잠드는 시간까지 시간을 잘 활용하지 않으면 하루라는 시간은 텅 빈 채 흐르게 돼 있다.

삶의 계절은 누구에게도 아름답다거나 흉하다고 말해주지 않는다. 오르지 자기 자신만이 마음속의 계절을 확인할 수 있기에 항상 자신을 잘 바라보는 습관이 필요하다. 어느 계절에 내가 살고 있는지, 지금 내 가슴에 무엇을 심어야 하는지, 그래서 "배움에는 때가 있다"고 한 것이다. 메뚜기도 한철이라고, 그 철을 지나면 다시는 그 철을 되돌려 살 수 없다. 무한한 시간을 유한한 시간으로 살고 있는 사람의 운명은 이미 정해져 있는 것이다.

그래서 예술가는 시간을 이기기 위해 투쟁하는 사람이라고도 말한다. 예술이 영원한 것은 시간을 뛰어넘어 영원의 세계를 말하고 있기 때문이다. 나는 30년의 노동자 생활과 35년의 시인의 삶을 동시에 살았다. 그 시간을 보니 노동자의 삶은 길게만 느껴졌고, 시인의 삶은 짧았다. 또 얼마의 시간이 내게 더 주어질지 모르나 시인으로 사는 동안 남은 시간을 더 알차게 쓰겠다는 다짐을 다시 또 해본다.

우리나라 풀이름

세상에 이름이 알려지지 않는 사람을 가리켜 "무명초(無名草) 또는 부평초(浮萍草) 같다"라고 한다. 무명초는 이름이 없는 풀을 가리키는 것이고, 부평초는 개구리밥이나 수초처럼 물 위에 떠서 살아가는 것들을 말한다. 그러니 이름하나 간직하고 살아가는 것만으로도 기쁘고 행복한 일이아닐 수 없다. 이 땅에 뿌리내리고 살아가는 풀들을 보면그 이름이 예쁘기도 하지만, 그렇게 부르게 된 사연들을 보면 참으로 할 말이 많아진다.

시인 조동화 선생이 보내온 시집이나 동시조집에 나오는 우리나라 풀이름들을 열거해 본다. '바늘꽃, 가위풀, 골무꽃, 절굿대, 장구채, 갈퀴나물, 며느리밥풀, 며느리배꼽, 며느리밑씻개, 나비나물, 뻐꾹채, 손바닥난초, 삿갓나물, 옥잠화, 물레나물, 나도꽃마리, 나도여우콩, 너도밤나무, 너도바람꽃, 너도골무꽃, 족도리풀, 물레나물, 매발톱, 광릉요강꽃, *끈끈이주걱*, 광대수염, 도깨비부채, 당나귀나물로 불리는 나도옥잠화, 곤드레나물로 불리는 고려엉경퀴, 제비꽃, 엉경퀴, 은방울꽃, 화냥년속고쟁이가랑이풀로 불리는 은방울꽃, 톱풀, 가위풀, 투구꽃, 갈퀴덩굴, 짚신나물, 놋젓가락나물, 누린내풀, 노루오줌풀, 여우오줌풀, 좁쌀풀, 참좁쌀풀, 으아리, 참으아리, 참마, 배별꽃, 참개별꽃, 갈퀴덩굴, 참갈퀴덩굴, 방울새난초, 잠자리난초, 제비난초, 해오라기난초, 도둑놈의갈고리, 큰도둑놈의갈고리, 애기도둑놈의갈고리, 도꼬마리, 도깨비바늘' 등등 수없이 많다.

봄날에 날풀들 돋아 오니 눈물난다
쇠뜨기풀 진드기풀 말똥가리풀 여우각시풀들
이 나라에 참으로 풀들의 이름은 많다
쑥부쟁이 엉경퀴 달개비 개망초 냉이 족두리꽃
물곳이 앉은뱅이 도둑놈각시풀들

조선총독부 식물도감을 펼치니

구황식(救荒食)의 풀들만도 백 오십여 가지다

쌀 일천만 섬을 긁어가도 끄떡없는 민족이라고

그것이 고려인의 기질이라고

나마무라 이시이가 서문에서 점잖게 게다짝을 끌고 나

온다.

나는 실제로 어렸을 때 보리 등겨에 토면(土麵)국수를

말아먹고

북어처럼 배를 내밀고 죽은 늙은이를

마을 앞 당각에 내다 버린 것을 본 일이 있었다.

햄이나 치이즈나 버터나 인스턴트 식품이면

뭐나 줄줄이 외어대는 어린놈에게

어서 방학이 왔으면 싶다.

우리 어머니는 아버지를 위해 세인바리(千人針)를 받으

러

이 마을 저 마을 떠돌았듯이

나 또한 이 나라 산천을 떠돌며

어린것의 식물 표본을 도와주고 싶다.

쇠똥가리풀 진드기풀 말똥가리풀 여우각시풀들

이 나라에 참으로 풀들의 이름은 많다
쑥부쟁이 엉겅퀴 달개비 개망초 냉이족두리꽃
물곳이 앉은뱅이 노둑놈각시풀들.

　　　　　　　　　　　　　- 송수권 시 「우리나라 풀 이름 외기」 전문

나 하나 꽃 피어
풀밭이 달라지겠냐고
말하지 마라.
네가 꽃 피고 나도 꽃 피면
결국 풀밭이 온통
꽃밭이 되는 것 아니겠느냐

나 하나 물들어
산이 달라지겠냐고도
말하지 마라.
내가 물들고 너도 물들면
결국 온 산이 활활
타오르는 것 아니겠느냐.

　　　　　　　　　　　　　- 조동화 시 「나 하나 꽃 피어」 전문

송수권, 조동화 시인의 시 속에 담긴 풀이름들만 알아도 어림잡아 수십 종의 풀들을 기억할 수 있다. 요즘 아이들은 장난감 이름이며 게임 이름들은 줄줄이 척척박사처럼 잘 안다. 그러나 산이나 들에 나가면 지천에 피어 있는 들꽃의 이름이 무엇인지는 잘 알지 못한다. 모른다고 탓하고 싶지는 않다. 배우고 알아 가면 될 일이다. 그러나 왜 그 풀들이 이 땅에 살아야 하고, 자라야 하는지는 알아두면 좋겠다. 이를 위해서는 생태 환경을 설명하는 해설가도 육성하고, 여러 방면으로 노력하는 것도 중요하다. 무엇보다 이러한 우리나라 풀이름이 사라지지 않도록 하는 방안과 보존이 중요할 것이다.

시를 쓸 때마다 풀이며 나무, 자연의 모습들을 직접 찾아 그 아름다움과 소중함의 가치를 담아내기 위한 발걸음을 마다하지 않는다. 왜냐하면 먼저 그 자연의 모습을 내 마음으로 읽고 느끼고 감동을 받아야 시가 써지기 때문이다. 단순히 풀이름 몇 개를 외우는 것이 중요한 게 아니다. 우리나라 풀 속에는 오랜 시간 이 땅에 뿌리내려 자란 시간만큼 사람이 그 풀들을 먹고 살아왔다. 채소도 처음에는 야생의 풀로 났고, 사람의 필요에 의해 길러진 것들이다.

봄에는 냉이, 달래, 씀바귀, 취나물, 곰취, 쑥, 고사리, 다래잎, 두릅, 원추리잎, 돌미나리, 돌나물 등을 뜯어 반찬으로 해 먹었다. 여름에는 어수리, 당귀싹나물, 비름, 우산나물, 깻잎, 왕고들빼기 등과 같은 나물들을 해 먹었고, 가을이면 주로 더덕, 도라지, 고구마, 무, 버섯 등을 먹어 왔다. 이 모두가 우리나라 풀들이 준 먹거리들이다.

시멘트와 아파트 생활로 흙을 만지지 못하는 아이들에게 풀이름 하나하나를 가르치며 들길을 걷는 시간을 가진다면 그 아이들 중에서 분명 훌륭한 식물학자나 생태학자가 나올 것이다. 우리나라 풀이름에는 삶의 지혜가 많이 담겨 있다. 그 지혜들을 알아가며 풀이름을 외우는 일도 어떤 공부보다 소중한 시간이 될 것이다. 동의보감에 나오는 약초들이나 차 재료, 한약 재료 등으로 사용하는 식물들을 보면 풀들이 많다. 제철 음식을 먹어야 한다는 말은 바로 제철에 자라는 풀, 열매 등에 가장 풍부한 영양소가 있어 우리 몸을 더욱 건강하게 해 주기 때문이다. 식물의 이름과 그 효능만 제대로 잘 알아도 건강한 삶의 지혜를 터득할 수 있다. 우리나라 풀이름에는 그러한 삶의 뿌리가 바탕에 깔려 있다.

풀이름 속에 전해지는 이야기만으로도 동화가 되고, 동시가 되고, 전설이 된다. 이렇듯 우리나라 풀이름은 그 이름이 갖는 모양과 생김새, 자라는 환경에 따라 어떤 이야기보다 흥미롭고 재미있는 사실들이 숨겨져 있다. 그 숨겨진 이야기들을 아이들과 함께 나눈다면 눈으로 읽어주는 동화책보다 몇 배는 더 아름다운 추억이 될 것이다. 풀잎을 보며 그런 추억을 만들어가는 것도 사랑의 한 방법일 것이다.

태풍

태풍 '프라피룬'이 많은 비와 바람을 몰고 지나가고 있다. 농경지가 침수되고 아파트 지하 주차장이 물에 잠겨 피해를 입었다는 뉴스가 끊이지 않는다. 해마다 몇 개의 태풍이 이렇게 우리 삶 중심부를 지나가면서 가슴을 졸이게 만든다. 태풍이 몰려오는 것이 두려운 것이 아니다. 예측하지 못한 태풍의 힘은 홍수를 불러오고 산사태를 일으키고 바람을 몰고 와서 시련을 안겨준다. 그리고 사람들은 이 같은 자연의 위력 앞에 망연자실한다.

다른 각도로 보면 태풍은 자연 생태계에 건강한 유전자를 남기기도 한다. 강한 비바람이 나뭇가지를 흔들어 바람에 떨어지지 않는 열매들만 남겨 건강한 씨앗이 되도록 하고들판의 풀도 빗물에 잠겨 극한 환경에서도 살아남는 힘을 키우게 한다. 한마디로 태풍은 사람의 눈에 보이지 않는 자연에 건강한 힘을 갖게 만들고 사람에게는 비바람과 홍수에 대처하는 지혜를 모색하게 한다. 이처럼 태풍은 해마다 동물과 식물, 물론 사람 세상에 이르기까지 태풍을 이겨내고 건강하게 살아가는 방법을 체득하게 한다.

우리가 살고 있는 세상도 태풍 같은 뉴스가 넘쳐난다. 노동자의 주 52시간 노동을 두고 달갑지 않게 생각하는 고용주들은 시간당 최저임금을 올려놓으니 그 임금을 주면 당장 세상이 망한다는 말을 서슴없이 한다. 모든 변화는 처음에 다 부작용이 동반된다. 첫발부터 익숙한 걸음으로 세상을 걷는 사람은 없다. 각종 수당과 상여금까지 기본급 처리하는 편법, 노동부 직원이 노조 설립에 깊숙이 개입해 노조 활동을 방해했다는 뉴스, 그리고 재벌의 갑질 등, 일반 서민이나 노동자들에게는 태풍이 휩쓴 것 같은 아픔을 남긴다. 우리가 사는 세상에서의 태풍은 태풍자체의 두려움보다 태풍 속에 숨겨진 또 다른 태풍의 눈의 위력을 알 수 없기 때문이다.

태풍의 이름은 나라별로 돌아가며 태풍의 이름을 짓는
다고 한다. 그래서 가능한 태풍의 이름은 피해가 최소화되
기를 바라는 마음으로 신의 이름을 짓거나 연약한 동물이
나 식물, 또는 여성의 이름들을 붙인다고 한다. 이번 태풍
'프라피룬(Prapiroon)'도 비를 관장하는 신인 '바루나'의 태
국어 명칭이라 한다.

지구를 도는
달의 표정을 보면
아이들처럼
그 모습이 늘 다르다

처음에는 그게
달의 습관이라 생각했는데
날마다 바라보니
단순한 습관이 아니었다

제 몸을 가득 채우는 일이 일인지

제 몸을 가득 비우는 일이 일인지

구분이 잘 가지 않는다

그러나 나무며 풀, 짐승들은

먹고사는 일을 모두

달빛에서 찾고 있었다

바다의 밀물 썰물,

그 큰 힘도

달의 표정에서

모두 나오고 있었다

- 임영석 시 「달의 표정」 전문

　「달의 표정」이란 시이다. 「달의 표정」을 읽으면 달과 지구 사이의 중력에 의한 변화가 매일매일 다르다. 밀물 썰물도 달이 뜨고 지는 시간 동안의 과정에서 발생한다. 태풍도 지구의 더러움을 청소하는 청소부와 같다. 변해 있는 자연의 모습을 다시 원위치로 돌려놓는 힘을 갖고 있다. 사람에게는 위협적으로 피해를 주지만 자연의 본 모습을 되찾아 가는 과정이 되는 것이다. 이 세상도 그 같은 과정을 밟는 것 같다. 평화를 만들기 위해서는 전쟁의 아픔을 깊이 새겨야 하고, 가난의 고통을 넘어서야 행복이 무엇인지 그 소중함을 절실히 깨닫는다.

우리 사는 세상도 태풍 같은 바람이 지나간다. 그 바람이 때로는 세상을 휩쓸어 어지럽게 한다. 태풍이 와서 그 태풍을 당당하게 맞아 이겨내는 세상이 건강한 세상이다. 때문에 우리가 사는 세상에서도 태풍이 지나갈 때 아무 피해가 없도록 바라는 간절함을 담아 태풍의 이름도 신중하게 짓는다고 생각한다. 그러나 번번이 그 바람과 달리 태풍의 위력이 커져 세상을 뒤집어 놓을 때가 있다. 어떻게 보면 그 세진 위력도 사람이 방관한 틈에 만들어지는 것인지도 모른다.

자연의 태풍은 이 지구의 건강함을 지켜내려는 몸부림이다. 인간이 살아가는 세상보다는 자연의 질서를 구축하기 위해 생태계의 몸을 단련시키는 과정들이라면, 태풍은 자연의 건강한 상태를 점검하는 임무를 맡은 수호신이라고 볼 수 있다. 때문에 이러한 태풍의 위력을 항상 겸허하게 받아들이고 배워야 할 것이다. 나무와 풀들이 같은 크기로 자라지 않고 살아가는 것, 물고기와 새들이 함께 살지 않는 것, 침엽수와 활엽수가 자라는 땅이 다르다는 것, 모두 자연의 경계를 넘어서지 않겠다는 약속이다. 사람이 살아가는 세상도 무서운 태풍을 맞지 않으려면 사람의 道를 넘지 않는 삶을 살아야 한다. 태풍은 자연의 경계를 지키는 이 지구의 파수꾼이라 생각한다.

섬과 시인

섬과 시인은 참으로 공통점이 많다. 섬은 물이라는 울타리에 갇혀 있고, 시인은 정신이라는 울타리에 갇혀 산다. 섬을 찾아 섬에 관한 시만 쓴 시인들이 많다. 그 중에 나는 섬에 대한 시로 잘 알려진 시인으로 이생진 시인과 신배승 시인을 꼽는다.

성산포에서는
교장도 바다를 보고
지서장도 바다를 본다
부엌으로 돌아온 바다가
아내랑 나갔는데

냉큼 돌아오지 않는다
다락문을 열고 먹을 것을
찾다가도
손이 풍덩 바다에 빠진다

아침 여섯 시
어느 동쪽에나 그만한 태양은 솟는 법인데
성산포에서만 해가 솟는다고 부산피운다
태양은 수만 개
유독 성산포에서만
해가 솟는 것으로 착각하는 것은 무슨 이유인가
나와서 해를 보라
하나밖에 없다고 착각해 온 해를 보라

살아서 고독했던 사람 그 빈자리가 차갑다
아무리 동백꽃이 불을 피워도
살아서 가난했던 사람 그 빈자리가 차갑다
나는 떼어놓을 수 없는 고독과 함께
배에서 내리자마자 방파제에 앉아 술을 마셨다

해삼 한 토막에 소주 두 잔

이 죽일 놈의 고독은
취하지 않고
나만 등대 밑에서
코를 골았다
술에 취한 섬
물을 베고 잔다
파도가 흔들어도
그대로 잔다

저 섬에서 한 달만 살자
저 섬에서 한 달만 뜬눈으로 살자
저 섬에서 한 달만 그리움이 없어질 때까지

성산포에서는
바다를 그릇에 담을 수 없지만
뚫어진 구멍마다
바다가 생긴다

성산포에서는
뚫어진 그 사람의 허구에도
천연스럽게 바다가 생긴다

성산포에서는
사람은 슬픔을 만들고
바다는 슬픔을 삼킨다
성산포에서는
사람이 슬픔을 노래하고
바다가 그 슬픔을 듣는다

성산포에서는
한 사람도 죽는 일을 못 보겠다
온종일 바다를 바라보던
그 자세만이 아랫목에 눕고
성산포에서는
한 사람도 더 태어나는 일을 못 보겠다
있는 것으로 족한 존재 모두 바다만을 보고 있는 고립

바다는 마을 아이들의 손을 잡고
한나절을 정신없이 놀았다
아이들이 손을 놓고 돌아간 뒤
바다는 멍하니 마을을 보고 있었다
마을엔 빨래가 마르고 빈집 개는 하품이 잦았다
밀감나무에 게으른 윤기가 흐르고
저기 여인과 함께 탄 버스엔
덜컹덜컹 세월이 흘렀다

살아서 가난했던 사람 죽어서
실컷 먹으라고 보리밭에 묻었다
살아서 술 좋아하는 사람 죽어서
바다에 취하라고 섬 꼭대기에 묻었다
살아서 그리웠던 사람 죽어서
찾아가라고 짚신 두짝 놔주었다

365일 두고두고 보아도
성산포 하나 다 보지 못하는 눈

육십 평생 두고두고 사랑해도
다 사랑하지 못하고 또 기다리는 사람

성산포에서는
푸른색 외에는 손을 대지 않는다
설사 색맹일지라도
바다를 빨갛게 칠할 순 없다
성산포에서는 바람이 심한 날
제비처럼 사투리로 말을 한다
그러다가도 해가 뜨는 아침이면
말보다 더 쉬운 감탄사를 쓴다
손을 대면 화끈 달아오르는 감탄사를 쓴다

성산포에서는
남자가 여자보다
여자가 남자보다 바다에 가깝다
술을 마실 때에도
바다 옆에서 마신다
나는 내 말을 하고

바다는 제말을 하고
술은 내가 마시는데
취하기는 바다가 취한다
성산포에서는 바다가 술에 더 약하다

맨 먼저 나는 수평선에 눈을 베었다
그리고 워럭 달려드는 파도소리에 귀를 찢기웠다
그래도 할 말이 있느냐고 묻는다
그저 바다만의 세상 하면서 당하고 있었다
내 눈이 그렇게 유쾌하게 베인 적은 없었다
내 귀가 그렇게 유쾌하게 찢어진 적은 없었다

모두 막혀 버렸구나
산은 물이라 막고 물은 산이라 막고
보고 싶은 것이 보이지 않을 때에는 차라리 눈을 감자
눈 감으면 보일 거다
떠나간 사람이 와 있는 것처럼 보일 거다
알몸으로도 세월에 타지 않는 바다처럼 보일 거다
밤으로도 지울 수 없는 그림자로 태어나

바다로도 닳지 않는 진주로 살 거다

어망에 끼었던 바다도 빠져나오고
수문에 갇혔던 바다도 빠져나오고
갈매기가 물어갔던 바다도 빠져나오고
하루살이 하루 산 몫에 바다도 빠져나와
한자리에 모인 살결이 희다
이제 다시 돌아갈 곳이 없는 자리
그대로 천년만년 길어서 싫다

꽃이 사람 된다면
바다는 서슴지 않고 물을 버리겠지
물고기가 숲에 살고 산토끼가 물에 살고 싶다면
가죽을 훌훌 벗고 물에 뛰어 들겠지

그런데 태어난 대로 태어난 자리에서
산신께 빌다가 세월에 가고
수신께 빌다가 세월에 간다

성산포에서는 설교는 바다가 하고

목사는 바다를 듣는다

기도 보다도 더 잔잔한 바다

꽃보다 더 섬세한 바다

성산포에서는

사람보다 바다가 더 잘 산다

저 세상에 가서도 바다에 가자

바다가 없으면 이 세상에 다시 오자

− 이생진 시 「그리운 바다 성산포」 전문

2000년도 초반 「그리운 바다 성산포」라는 시는 많은 사람들에게 읽히고 사랑 받았다. 바닷가에 가면 해삼 멍게에 소주 한 잔 마시는 풍경은 유행처럼 쉽게 볼 수 있었다. 삶의 낭만과 고독과 외로움, 그 자체가 섬에서 누리는 특권처럼 보였다. 술에 취해 흔들리는 나와 파도가 쳐 들썩이는 바다가 한마음처럼 느껴졌다.

이생진 시인께서 섬에 대한 연작시를 쓴 것이 1985년 이후인 것으로 기억한다.『섬에 오는 이유』등의 시집에서 많은 섬을 찾아가 바라본 시인의 마음이 진솔하게 담겨있다. 「그리운 바다 성산포」는 성산포에 살아가는 사람들의 애환이 스며있다. 험한 파도 속에서도 고기를 잡아야 먹고살수 있는 섬에 사는 사람들의 운명적인 삶의 풍경들이 가슴 뭉클한 감동으로 다가온다. 그래서 이생진 시인을 섬을 진정으로 사랑한 시인이라 말하는지도 모른다. 비슷한 처지의 시인들이 바로 내 고향 금산에서 1984년 동인지 원시림을 만들며 참여한 임영봉, 신배승, 이성용 시인과 내가 있다. 그 중 신배승은 아래 「섬」이라는 시로 잘 알려진 시인인데, 요즘은 시를 쓰지 못하고 있어 안타깝다. 나는 여전히 신배승이 섬을 써 내듯이 좋은 시를 다시 쓸 것이라 믿는다.

순대 속 같은 세상살이를 핑계로
퇴근길이면 술집으로 향한다.
우리는 늘 하나라고 건배(乾杯)를 하면서도
등 기댈 벽조차 없다는 생각으로
나는 술잔에 떠 있는 한 개 섬이다.

술 취해 돌아서는 내 그림자

그대 또한 한 개 섬이다.

– 신배승 시 「섬」 전문

신배승의 시 「섬」은 장사익 씨가 노래로 만들면서 알려
진 시이기도 하다. 두 편의 시가 갖는 공통점은 술과 삶, 인
간이 느끼는 고독을 어쩌지 못하고 가슴 깊이 묻어둔 이야
기이다. 이생진 시인은 '술에 취한 섬 물을 베고 잔다'고 했
고, 신배승 시인은 '나는 술잔에 떠 있는 한 개 섬'이라고
했다. 나는 지금도 옛 문학 친구 신배승과 함께 취해서 금
산장터를 떠돌던 일들을 잊지 못한다. 우리의 섬은 그때 문
학이라는 섬에 갇혀 외로웠고, 고독했다. 그 갇힌 마음을
풀길 없을 때 장터에 나가 순대에 막걸리를 마셨고 취했다.
그 이십대 젊음 시절이 나의 삶에서 섬이라면 또 다른 섬이
되겠다.

바다에 떠 있는 섬만 섬이 아니다. 삶 속에도 섬이 무수
히 많다. 정년을 넘기고 나이 드신 분들은 빈고(貧苦), 무위
고(無爲苦), 고독고(孤獨苦), 병고(病苦)를 잘 이겨내야 한다.

외롭다는 건 그 자체가 세상과 떨어져 있는 섬에 있다는 것
이다. 가난하다는 것 역시 외로움을 더 가중 시키는 섬이
다. 혼자 있다는 것 또한 세상과 단절된 망망한 섬에 있는
것이다. 이러한 삶의 섬에 갇혀 외로운 고독사도 늘고, 스
스로 세상을 떠나는 사람도 늘고, 사람과 사람 사이의 섬들
은 세상에서 자꾸 더 많이 늘어나고 있다. 날마다 외로운
삶의 섬에서 고독을 즐기는 일을 잘 익혀 나가는 일이 무엇
보다 중요해졌다.

고독에서 벗어나는 길은 그 길을 끝없이 걷는 일뿐이다.
외로움에서 벗어나는 일도 그 외로운 길을 끝없이 걷는 일
이다. 삶은 자기 자신만이 극복해 내야 한다. 섬이 끝없는
파도와 싸워 이겨냈듯이 우리도 사는 동안 그 외로움들과
싸워 이겨내야 한다.

나에게 나의 서재가 하나의 섬이다. 늘 혼자 끝없는 고
독과 절망과 시련의 시간을 의자에 앉아 글을 쓰며 이겨낸
다. 틈틈이 파도처럼 밀려오는 다른 시인들의 시집과 책들
을 받아 읽으며 외로움을 견딘다. 삶이라는 파도가 밀려들

때마다 그 파도가 넘겨주는 책을 읽는다. 섬이 되지 않으면 세상의 책을 읽어낼 방법이 없어 나는 나 스스로 고립의 섬이 되었다.

무위고(無爲苦)를 이겨내는 방법은 사람과 자연이 다르다. 바위는 침묵으로, 시냇물은 낮은 곳을 향해 흘러가는 것으로, 나무는 하늘을 향해 자라는 것으로 해소한다. 어둠은 별빛을 마음에 앉히며 각각 자기 할 일을 찾는다. 내가 처음 등단했을 때 1985년 김어수 선생은 '시인이 이 세상을 살아가는 일은 망망한 바다를 항해하는 배와 같다'고 했다. 그 외로운 투쟁이 시인이 되는 길이다 했다. 섬은 아름다워 보이지만 단절을 상징한다. 절대 고독을 이겨내지 못하면 절대 비경(祕境)의 아름다운 삶을 만들 수 없다. 그래서 섬과 시인은 공통점이 많다. 지금도 나는 무위고(無爲苦)를 이겨내기 위해 나만의 섬에서 매일 고독을 즐기고 있다.

풀꽃 시인 나태주

세상에 가장 흔한 것이 풀이다. 그 흔한 풀들도 서로 치열한 경쟁을 하며 살아간다. 햇빛 한 줌을 더 차지하려고 이른 봄 싹이 트는 것이 있는가 하면, 바위틈 절벽에 붙어 생명을 유지하는 것들도 있다. 어떻게 보면 이보다 더 치열하게 살아가는 게 있을까 생각이 든다. 어느 풀은 싹이 나자마자 초식 동물들에게 먹히고, 어느 것은 사람의 발길을 따라 살아남는 것이 있고, 어느 것은 꽃대만 밀어 올려 꽃부터 피운다. 이 모두가 풀의 생존전략이다.

풀꽃의 시인, 나태주 시인을 뵙고 왔다. 우리가 사는 일생이 풀꽃 같은 삶의 과정이란 생각을 하며 설렘 반, 기대

반을 갖고 찾아갔다. 가뭄에 단비가 공주 풀꽃 문학관을 오고 가는 내내 내렸다. 풀꽃 문학관은 월요일이라 휴관이었다. 하지만 미리 약속을 한 터라 방문객이 없는 풀꽃 문학관에서 나태주 선생과 두어 시간 살아온 삶의 시간들과 시를 쓰는 마음들, 스물여섯 살에 시인으로 등단하여 75세의 나이에 이르기까지 삶의 이야기를 들었다. 계간 스토리 문학 발행인, 편집장, 부주간인 나, 그리고 보령에서 온 한 시인이 함께했다.

실제 나태주 시인을 알게 된 것은 오래되었다. 고등학교 다닐 무렵부터 그의 첫 시집 『대숲 아래서』를 읽었다. 그 후 금산의 좌도시와 인연이 되어 만났고, 이번에 스토리 문학에 '충청도의 풀꽃 시인 나태주'를 메인 스토리로 싣기 위해 내가 인터뷰를 제안하여 만나게 되었다.

나태주 시인은 언제나 소박한 시골 학교 선생님의 모습이 여전했다. 비가 오는 공주 시장으로 가 뜨거운 소머리 국밥을 사주어 먹었다. 밥을 먹으면서 나태주 시인은 시인이 되고 나서 다짐한 세 가지에 대해서 말해 주었다. 첫째로 거짓말을 하지 않고 살아가겠다. 둘째로 남에게 욕먹지 않고 살기 위해서 마음의 칼을 버리겠다. 셋째로 남에게 밥 얻어먹지 않기로 했다. 막상 사람이 살기 위해서 어쩔 수 없이 거짓말을 하는 경우가 있다. 그것이 잘못임을 알면서도 거짓말을 한다. 그리고 남에게 손가락질 받지 않는 사람으로 살아가는 것만큼 아픈 것이 없다. 내가 남을 아프게 하지 않으면 손가락질 받지 않는다. 나태주 시인은 가난하다는 선입견이 생기지 않도록 열심히 살겠다는 마음으로 지금껏 살아왔다고 한다.

그 삶이 풀꽃을 바라보며 풀꽃 속에서 생의 진실을 바라보는 마음을 갖게 한 것이다. 그러한 삶을 반영하듯 「풀꽃 · 1」은 나태주 시인의 대표작품이 됐다.

자세히 보아야
예쁘다

오래 보아야
사랑스럽다

너도 그렇다.

– 나태주 시 「풀꽃·1」 전문

이 짧은 시에 세상의 모습이 다 들어 있다. 자세히 바라보는 관계여야 하고, 오래 바라보는 관계여야 하고, 그런 꽃을 함께 바라보는 너와 함께 하는 것이다. 너를 꽃으로 생각한다는 것이 무엇보다 중요하다. 우리는 너라는 대상을 경쟁의 대상, 이 세상을 살아가며 대결해야만 하는 대상으로만 생각한다. 풀꽃들도 그렇게 자라는 것처럼 보인다. 하지만 풀꽃들이 풀꽃으로 뭉쳐서 살아가지 않으면 씨를 맺고 자기 종자를 퍼뜨리는 일이 어렵다. 그래서 꽃들도 자신들의 영역을 만들어 함께 살아가는 방법을 오랜 시간 습득하여 그 방법으로 어울려 살아가는 것이다.

나는 가끔 야생화 전시회를 본다. 야생화들을 들에서 숲에서 야생에서 훔쳐 와 몰래 키워오는 것이 아닌가? 하는 생각을 한다. 한 사진작가는 야생화를 찍고 다른 사진작가가 찍을 수 없게 그 꽃을 발로 짓밟아 버린다는 말을 들었다. 그때 진정한 아름다움이 무엇인가라는 생각을 했다. 야생화는 야생화로 피어 있을 때 가장 아름답다. 오래 그곳에 뿌리내렸을 때 아름다운 것이고 함께 볼 수 있을 때 더 아름답다. 이것이 나태주 시인이 말한 풀꽃 정신이다.

아름다움은 혼자 간직하는 게 아니라 모든 이가 함께 누려야 하는 것이다. 풀꽃의 시인 나태주 시인을 만나고 오며 줄기차게 내리는 비가 내 마음까지 씻어내기를 바랐다. 요즘 산에 들어가 귀한 약초를 캐는 자연인이나, 야생화를 취미로 키우는 사람들 때문에 야생 난이 자리를 잡아도 자라지 않는다고 한다. 풀꽃의 마음은 자세히 예쁘게 오래 바라보도록 그 자리에 그대로 남아 있게 해야 한다. 나태주 시인이 말하는 거짓말하지 않고, 남에게 욕먹지 않고, 남에게 밥 얻어먹지 않겠다는 마음은 풀꽃들의 생명력에 그대로 담겨 있다.

김삿갓 문학상을 받으러 영월에 왔을 때 함께 찍은 사진을 보며, 또 풀꽃 문학관에 자리하고 있는 풍금 앞에서 풍금을 치며 초등학교 아이들처럼 노래를 부르는 모습을 보며, 시인은 천성이 하늘을 닮아야 함을 느꼈다. 어떤 삶의 굴레에도 스스로가 스스로를 아름답게 만들어 가는 풀꽃의 정신이 담겨야 함도 느꼈다. 풀꽃 문학관에 왔다고 이 책 저 책 안겨주었다. 이 아름다운 마음을 더 많은 이들과 함께 해야겠다는 생각을 했다. 비가 내리지 않아 모내기조차 힘들었는데, 나태주 시인을 만나는 내내 소낙비가 내렸다. 공주시장 지붕을 흩뿌리는 빗줄기가 그날은 참 시원했고 반갑기만 했다. 마음속에 참 많은 것을 얻어온 날이었다.

인문학 열풍에 대하여

인문학은 언어, 문화, 역사, 철학, 도덕 같은 학문을 말한다. 아이러니하게도 학교 수업에서는 이러한 문화나 역사, 철학, 도덕 등을 가르치는 학과가 사라지고 있다. 대신 일반 시민들을 대상으로 하는 인문학 강의는 늘어나는 추세다.

고등학교 교육은 대학 진학을 위해 사람의 기본 소양을 다져주는 인문학보다 점수에 치중되는 분야를 더 집중적으로 가르치고 있다. 대학도 큰 학문을 가르치는 게 아니라 취업에 필요한 부분만 강조한다. 그러다 보니 사람이 갖춰야 하는 기본적 소양은 기르지 못하고 있다. 그 때문인지

학교를 졸업하면 그 갈증을 해소코자 인문학 강의에 더 귀를 기울인다.

　인문학은 사람의 신체 구조로 말하면 심장에 가깝다. 눈으로는 보이지 않으나 사람이 생존하는 데 가장 중요한 역할을 하는 곳이다. 그러나 먹고사는 일에 직접적인 연관이 없다고 학교 교육에서 배제되고 있다. 그 같은 환경으로 황폐한 세상에서 살아가는 데 지친 마음과 몸을 바꾸려고 많은 사람들이 다시 인문학에 관심을 갖고 있다.

　몇 년 전 국외로 여행을 갔을 때다. 관광 가이드에게 가장 힘들고 보람된 일이 무엇이냐고 물었다. 의외의 답이 돌아왔다. 가장 힘든 것은 시각장애인과 관광을 하는 것이라고 했다. 그분들은 눈으로 보지 못하니 자신의 말소리가 모든 풍경이 되고 사물이 되고 이 나라 사람의 역사 전부가 된다는 것이다. 그들이 자국으로 돌아가면서 해 주는 말 중에 가장 보람 있는 말은 다음에 구경하러 또 오겠다는 말이라고 했다. 앞을 보지 못하는 사람들을 구경시켜 주는 일은 말로 그림을 그려 그들 마음속에 전달하는 일이다. 그 얘기를 전해 듣고 쓴 시조가 아래 작품이다.

시각장애인 모시고서
손뼉치고 노래하고

이곳저곳 관광하며
돌아가는 마지막 날,

참 좋다!
잘 보고 간다.
다음에 또 오겠단다.

– 임영석 시 「어떤 관광 가이드의 말」 전문

인문학에는 눈에 보이는 것보다 보이지 않는 것들이 더 많다. 어떻게 보면 우리가 살아가고 있는 이 세상의 역사, 문화, 철학, 인성 등은 눈으로 확인할 수 없는 것들이 대부분이다. 많은 분들이 이런 인문학을 바르게 알고자 강의를 듣고 역사 현장을 찾고 책을 읽고 박물관을 찾는다.

문화는 하루아침에 이루어지는 것이 아니다. 오랜 시간 사람의 삶에서 형성되는 것이 문화다. 과거 우리가 조상 대대로 물려받은 전통문화, 관습, 종교, 풍습 등은 그 땅에 살았던 선조들의 피를 통해 전해졌던 것들이다.

시각장애인이 외국 관광을 하는 이유가 어디에 있겠는가. 눈으로 볼 수 없지만 몸으로 느껴지는 그곳의 날씨, 기후, 그리고 음식문화, 생활 풍습 등을 몸으로 체험할 수 있어서다. 눈으로 보는 관광만이 전부가 아니다. 이런 점에서 관광 가이드는 그 나라의 역사와 문화, 삶의 숨결까지 잘 이해시키기 위해 인문학의 기본 소양을 갖춰야 할 수 있는 일이다.

수십 억 년 전에 묻혔던 파충류, 고생대 식물들, 그리고 선사시대 돌칼, 그릇, 이러한 것들이 지금 우리들 삶에 무엇을 남겼을까? 사람이 자연과 함께 공생했던 역사는 미래의 발전을 예측한다. 인문학은 사람이 살아온 땀의 냄새다. 인문학은 숨겨도 숨겨지지 않는다. 학교 교육에서는 외면받고 있지만 현실적으로 사람 사는 데 마음의 눈을 가장 밝게 해주는 청량제 같은 역할을 하는 게 인문학이다.

언젠가 고궁에 갔을 때다. 임금의 가마가 지나는 답도(踏道)에 새겨진 봉황을 보며 왜 봉황을 답도에 새겼을까 생각했다. 하늘을 날고자 날개를 펴고 있는 봉황을 임금은 가마를 타고 가다 보았을 것이다. 그리고 '임금은 하늘이다'라는 뜻을 새기고 그 안의 백성 보기를 봉황처럼 보았을 것이다. 하늘을 믿고 자유롭게 날개를 펴고 살아가는 백성, 그런 나라를 다스리는 마음을 가슴에 새겼을 것이라 믿고 싶었다. 임금이 백성을 봉황으로 생각하고 하늘이 되어 주고자 마음을 내어주는 것이 바로 인문학의 가르침이 아닐까.

인문학은 초, 중, 고등학교 수업에서 체육, 도덕, 음악, 미술 등의 공부가 함께 이루어져야 그 소양의 바탕이 이루어진다. 어릴 때부터 몸과 마음을 단련하는 기본 수양을 하지 않으면 나이 들어 아무리 인문학 교양 강의를 들어도 늦다. 지금 TV 프로그램이나 도처 도서관 등에서 인문학 강의를 진행하는데, 이는 단풍철을 놓치고 빈 나뭇가지만 구경하는 식이다. 공교육의 모순이 바로 적당한 때를 놓치고,

인공의 조미료를 투입해 자연적 맛을 아주 잃어버리게 하는 데 있다. TV 인문학 시청을 하다 보면 학교 교육에서 다루지 않은 학습을 온 국민을 상대로 교육하는 모양새가 짙다. 소 잃고 외양간 고치는 격의 인문학 열풍, 이를 보면 우리가 먹고사는 데 혈안이 되었던 시절에 대해 보상해야 한다는 슬픈 목소리 같다.

사람과 자연의 차이점

사람은 흉을 보아 등을 돌리게 하지만 꽃은 향기를 뿜어 벌과 나비를 불러들인다. 그러니 사람과 자연이 얼마만큼 큰 차이가 있는지 잘 알 수 있다. 그래서 되도록 나는 자연을 더 가까이 두고 살아가려고 노력한다. 길을 걸을 때도 되도록 혼자 걷고, 숲에 갈 때도 혼자 자연의 소리를 조용히 듣다 온다. 내 마음 안에 나를 흉보고 등 돌리는 벗을 만들지 않기 위해서다. 그럼에도 나는 나를 흉보는 내가 많아지고 있음을 느낀다.

사람이나 자연이 흉해 보이는 때가 있다. 건강함을 잃고 자기 자신을 지켜내지 못하고 무너져 내릴 때는 자연이나 사람 모두 똑같이 흉해 보인다. 늦가을 나무들이 하루아침에 나뭇잎을 모두 떨어트리는 것을 보며 얼마나 큰 결심을 하였는지를 느낄 수 있다. 한여름 천둥번개 태풍에도 끄떡없이 지켜낸 나뭇잎이지만 무서리 내리는 하늘의 말에 수긍하며 제 나뭇잎을 떨구어 낸다. 나무는 나무였던 나뭇잎을 곱게 물들여 제 품을 떠나보낸다. 나는 그 모습이 정말 아름다움을 넘어 떠나보내는 것까지도 아름다움으로 치장해 보내는 나무의 그 근본이 어디에서 출발하고 있는지 찾아보고 싶었다.

> 욕을 차마 입 밖으로 꺼내 던지지 못하고
> 분을 못 이겨 씩씩거리며 오는데
> 들국화 한 무더기가 발을 붙잡는다
> 조금만 천천히 가면 안되겠냐고
> 고난을 참는 것보다
> 노여움을 참는 게 더 힘든 거라고
> 은행잎들이 놀란 얼굴로 내려오며 앞을 막는다
> 욕망을 다스리는 일보다
> 화를 다스리는 게 더 힘든 거라고

저녁 종소리까지 어떻게 알고 달려오고

낮달이 근심 어린 낯빛으로 가까이 온다

우리도 네 편이라고 지는 게 아니라고

– 도종환 시 「화」 전문

　　도종환 시인은 「화」라는 시에서 욕을 입 밖으로 꺼내지 못하고 길을 걸을 때 들국화 한 무더기가 발을 붙잡고 세상 고난을, 노여움을 이겨내라 하고, 노란 은행잎이 앞을 가로막을 때 욕망을 다스리는 일보다 화를 다스리는 게 더 힘드니 노란 은행잎 떨구어 내듯이 그 허물을 다 벗으라고 말을 건다고 한다. 사람은 화가 나면 싸움을 하거나 상대방을 공격해 화를 내며 분풀이를 한다.

　　아무리 책을 읽고 그림을 보고 음악을 들어도 자연 속에서 들려오는 귀뚜라미 소리만큼 고귀한 아름다움이 없다. 귀뚜라미 울음은 절망을 이겨내고 꿈을 만들기 위한 몸부림이기 때문에 더 아름답다. 강물은 속으로 조용히 울며 흘러간다. 밤하늘 별들은 어둠을 더 깊이 껴안아 빛날 수 있다. 이 모든 표현들이 모두 제 화를 다스리고 살아가는 방법들이 아닐까. 자연은 그럴수록 제 열매를 더 단단히 붙들어 더 많은 씨앗을 남긴다.

나무가 나무이기 위해 참고 이겨내는 일들은 한두 가지가 아니다. 꽃이 꽃이기 위해 얼마나 많은 시련을 이겨내고 향기로 말을 하는가. 사람은 사람이기 위해 인내하고 참고 견디고 살지만, 나 스스로를 뒤돌아보면 내 삶 속에는 화를 참지 못해 험악한 말들을 무수히 쏟아냈다. 자연의 말은 제 목숨을 버리는 것도 아깝지 않을 만큼 아름다운데, 사람은 제 목숨을 위해 온갖 수단을 다 써 지켜내려고만 한다. 이기적인 사람의 욕망 때문이다. 자연이 갖는 수명은 사람의 욕심만 아니면 수백 년 수천 년도 지속 가능하다.

생명주의자나 자연주의자를 비난하는 사람들을 보면 사람만 잘 먹고 잘살면 된다는 인식으로 무장한 사람 같다. 그들은 장수하늘소, 쇠똥구리, 능구렁이가 살아가는 서식지가 무엇이 중요하냐고 말한다. 이들이 살아갈 수 있는 곳이라야 사람이 건강하게 살 수 있는 지표라는 것을 생각하지 않는다. 자연은 화가 나면 스스로 사라지거나 멸종한다. 사람은 분풀이라도 하겠지만, 자연은 제 화를 이겨낼 방법이 없다. 사람의 발이 닿지 않는 곳으로 멀어지는 것뿐이다. 자연이 유지되는 일은 자연에서 사람이 멀어지는 일이다.

나무들은 늦가을에 제 나뭇잎을 떨구어 내며 바르게 사는 일이 무엇인지 묻는 사람들에게 추풍낙엽(秋風落葉)이 무엇을 의미하는지 가르친다. 자연은 행동을 통해 말한다. 사람도 나이가 들면 들수록 행동을 통해 말하는 법을 배워야 한다. 자연이나 사람이나 자신을 지켜내는 일은 쉽지 않다. 흉을 보아 돌아서는 벗이 없게 사는 것도 힘들고, 자연을 닮아가며 사는 것도 힘들다. 나이를 먹어가며 조금 더 많이 배우고 있지만 역시 만만치 않다.

40여 년 동안 시를 공부하고 쓰고 있지만 세상을 살아가는 것만큼 어렵고 힘들다. 자연을 알아가고 배우면 배울수록 자연이 그 해답 가까이 있다고 믿는다. 하지만 때로는 내가 생각하는 답들은 모두 오답이 아닐까 하는 생각이 든다. 사람은 가까이 하면 할수록 실망과 실수와 실연을 줄 때가 많다. 자연은 가까이하면 할수록 깊은 믿음을 준다.

생명주의자도 아니고, 자연주의자도 아니고, 환경운동가도
아닌, 자연만 바라보는 나다. 그 자연의 마음을 느끼고 살
아가는 일만도 녹록지 않다. 자연의 깊이가 어디까지 닿아
있는지 알 수가 없다. 정용숙 시인의 시 「상상임신」을 보면
꾸물럭, 꾸물럭 생명들이 살아 움직이는 모습을 상세하게
보여 주고 있다. 자연과 사람이 다른 점은 경쟁의 방법이
되는 생명력 하나에 집중되는 것 같다. 「상상임신」은 생명
을 품고자 하는 사람의 또 다른 갈등을 보여준다.

사산아를 안고 나는 운다

헛배가 부를 때 나는 이미 알았다
품지 말았어야 할 생명 하나를 품고 있는 내 몸이
그 작은 것을 키워내지 못하고
죽이고 말 것을
누가 가르쳐 주지도 않았는데 나는 이미 알았고,
꾸물럭 꾸물럭 움직임이 느껴질 때마다
그것을 묻을 자리를 파고, 또 팠다

– 정용숙 시 「상상임신」 전문

백수(白水) 선생님을 그리며

2018년 12월 중순 어느 날이다. 세월 흐르는 게 강물보다 더 빠르다는 느낌을 갖고부터 과거의 시간들이 더더욱 그리워진다. 오늘은 한국 시조계의 거목이셨던 백수 정완영 선생님과의 추억을 떠올려 본다.

「조국」, 「산이 나를 따라와서」 등의 작품이 널리 알려져 있는 백수 정완영 선생님은 1919년에 태어나 2016년에 타계하셨다. 내가 선생님을 처음 뵌 것은 1988년쯤이니 30년 전으로 거슬러 올라간다. 군포에 살고 있을 때, 군포에서 시외버스를 타고 과천을 지나 서울 흑석동의 선생님 댁을 물어물어 찾아갔다.

당시 백수 선생님은 60대 초반이셨다. 왕성한 작품 활동을 하고 계셨지만, 어린 내가 시조로 등단하여 인사차 방문한 것인데도 반갑게 맞아 주었다. 찾아뵈었을 때 시조집 『蓮과 바람』을 주시며 열심히 노력하는 길이 최선이라는 말을 몇 번이나 당부했다. 나는 그 후로 한 번도 그 말씀에 토를 달지 않고 선생님의 작품에 버금가는 작품을 쓰겠노라 마음먹고 작품 활동을 하였다. 30년 세월이 지나 생각하니 내 허세가 얼마나 당치않은 일이었는지를 알겠다.

세월도 낙동강 따라 칠백릿길 흘러와서
마지막 바다 가까운 하구에선 지쳤던가
을숙도 갈대밭 베고 질펀하게 누워있데.

그래서 목로주점엔 대낮에도 등을 달고
흔들리는 흰술 한 잔을 낙일(落日) 앞에 받아노면
갈매기 울음소리가 술잔에 와 떨어지데.

백발이 갈대처럼 서걱이는 노사공(老沙工)도
강물만 강이 아니라 하루 해도 강이라며

김햇벌 막막히 저무는 또 하나의 강을 보데.

- 정완영 시조 「을숙도」 전문

나는 백수 정완영 선생님의 시조 중에서 「을숙도」라는 작품을 자주 읽는다. 이 시조에 '강물만 강이 아니라 하루해도 강'이라는 대목이 가슴을 뜨겁게 울린다. 한 해 끝 12월에, 흘러간 지난 세월을 짚어 보면 지나간 세월만 세월이 아니라 앞으로 흘러오는 세월도 세월이라는 우문의 답을 주고 있다. 앞으로 다가올 세월을 더 열심히 살아갈 때 정말 아름다운 세월의 강을 건너게 된다고 말하고 있는 듯하다.

세월의 강은 그 강을 건너가는 사람에 따라 아름다움과 깊이가 제각각일 것이다. 누군가에게는 험한 물살로 시련을 안겨주는 강이 될 수도 있고, 누군가에겐 삶의 가장 보람된 운명을 연어처럼 거슬러 올라가는 길이 될 것이다. 세월이라는 강은 그 깊이가 깊고 낮음이 정해져 있지 않다. 힘들게 살아가는 사람에게 인생의 강은 물살도 세고 깊이도 깊어 늘 가까이 하기 두렵겠지만, 삶의 지혜를 터득해 사는 사람에게는 인생의 강이 가장 보람된 터전일 것이다. 그런 삶의 강을 「을숙도」를 통해 비추어 주고 있는 것이다.

정완영 선생은 「을숙도」라는 작품을 내밀며, 내게 많은 삶의 숙제를 주셨다. 인생이라는 강은 누구나 한 번 지나고 건너야 할 물길이다. 삶의 환경에 따라 살아가는 방법과 방향을 어떻게 잡아갈 것이며, 그 방법과 방향이 달라졌을 때 다시 그 세월을 어떻게 되짚어 갈 것인가를 놓고 우문의 답을 요구했다. 스물일곱의 어린 나에게 시조를 쓰는 일이란 최선을 다하고 항상 노력하는 마음이 전부라 하셨다.

백수(白水)라는 호는 샘 천자(泉)를 풀어 '하늘의 샘'이라는 뜻이다. 하늘의 샘물은 구름을 뜻할 것이다. 구름이 아니고는 하늘에 물이 고일 수 없기 때문이다. 고로 백수 선생님은 구름처럼 자유로운 삶을 살며 이 땅에 필요한 빗줄기 같은 시를 쓰는 시인이었다. 30년 넘게 백수 선생님을 내 가슴에 깊이 섬기어 왔다. 한 해를 보내며 백발의 갈대밭에 서걱대는 갈대보다 더 뜨겁게 바람소리가 갈잎을 울리고 있다. 나는 백수 선생님의 시조 전집 제목인 『노래는

아직 남아』를 읽고 그 마음을 달랬다.

한 세월을 담아 놓은 하늘의 한 모서리
해처럼 달빛처럼 뜨고 지는 허공에도
빛으로 채우지 못한 그리움이 자라고

풀잎이 맺어 놓은 풀씨 같은 노래 소리
온 세상 녹음으로 가득 메워 합창해도
제 키를 넘지 못하는 세월이 와 누워 있다

사람은 그를 두고 백수(白水)라 부르지만
하늘(泉) 속 샘물이라 마르지 않는 시심(詩心)
다소곳 별자리처럼 디딤돌을 놔 놓고

이승의 봇다리 짐 다 팔고 가려는 듯
베레모 모자 밑에 눈빛을 숨기지만
그 마음 받아 읽는 나, 눈물부터 핑 돈다

방(棒)을 맞은 세월 동안 닦아낸 눈물 자욱

그 두께 자로 재 보며 허물만 남았다고

스스로 방(棒)을 맞으니, 그 노래 소리가 더 구슬프다

– 임영석 시 「노래는 아직 남아–정완영 선생님 시조 전집을 읽고」 전문

아무도 울지 않는 밤은 없는가?

요즈음 주변 많은 사람들이 힘들다고 한다. 그러나 이 힘든 세상을 지혜롭게 극복해 내는 사람이 있는가 하면 그렇지 못한 사람도 있다. 처음부터 부는 정해져 있는 것처럼 흙 수저와 금 수저를 물고 태어나는 게 지금 세상이라고 말한다. 그런 시대에 살다 보니 시인을 비롯해 예술을 하는 사람들만큼 늘 가난이 당연한 것처럼 용인이 되는 세상이 또 어디 있을까 생각하게 된다. 예술가들은 왜 늘 가난하고, 가난하게 살게 될까.

나는 29년 동안 노동자로 일했고, 2016년에 희망퇴직을 하며 스스로 직장을 그만 두었다. 당시 정년이 몇 년 더 남았었고, 주변에서 왜 힘든 세상 더 벌지 않고 직장을 그만 두느냐는 소리도 들었다. 그때 내가 생각한 진짜 삶은 하루라도 빨리 나의 존재를 찾는 것이었다. 33년을 시인으로 살아왔고, 그 중 29년을 노동자라는 신분으로 시인의 삶을 공유했다.

예술가들은 정말 가난할까? 다시 한번 생각해 본다. 경제적 지표로는 분명 가난하다. 그러나 정신적으로는 전혀 그렇지 않다. 그들은 이 세상 무엇에도 견줄 수 없는 자기만족으로 사는 사람들이다. 스스로 정신수양을 하지 않으면 맑은 정신을 토해낼 수 없다. 스스로 자기 태만을 꾸짖지 않으면 불사조 같은 정신의 혼을 불사를 수 없는 게 그들의 삶이다.

벌새는 1초에 90번이나

제 몸을 쳐서

공중에 부동자세로 서고

파도는 하루에 70만번이나

제 몸을 쳐서 소리를 낸다

나는 하루에 몇 번이나

내 몸을 쳐서 시를 쓰나

– 천양희 시 「벌새가 사는 법」 전문

그들은 하루 24시간만으로는 자기 예술을 할 수 없다고 한다. 부족한 정신을 채우기 위해 책을 읽어야 하고, 맑은 영혼을 채우기 위해 산책도 하고 여행도 해야 한다. 고독도 즐겨야 하고, 자기 예술을 위해 끊임없이 노력해야 스스로 만족하는 예술가의 길을 갈 수 있다. 게다가 식솔이 있다면 그들을 책임질 만한 돈벌이도 게을리 해서는 안 된다. 이런 상황 때문에 천양희 시인은 "벌새는 1초에 90번이나/ 제 몸을 쳐/ 부동자세로 서/" 있기 위한 노력을 해야 한다고 말한다. 또 70만 번의 파도가 쳐 소리를 낸다고 말한다. 그리고 나는 몇 번이나 내 몸을 쳐 나를 울리는 시를 쓰는가? 묻는다.

내 경험상 한 편의 시를 쓰기 위해 수 백 편을 읽어야 하고, 영혼을 울리는 소리를 수 천 번을 들어야 한다. 그랬을 때 마음속에 새로운 정신을 담을 샘이 터진다. 그 같은 일을 33년 동안 끊임없이 반복하며 살아왔으니 내 엉덩이의 고집이 8권의 시집과 한 권의 시론집을 남길 수 있게 허락했을 것이다.

솔직히 나는 친구가 없다. 시가 내 삶의 유일한 친구요, 40여 년 동안 읽어온 서재의 8000여 권의 시집과 책들이 외롭고 힘들 때 함께해 준 벗이다. 수많은 시인들이 보내온 시집들에 대한 답례로 나는 매일 한 편의 시를 블로그에 올리는데 그 횟수가 3500회를 넘기고 있으니 무려 15년을 지속해 온 셈이다.

결론적으로 예술가는 돈의 가치보다 정신의 가치를 더 소중히 생각하는 자들이다. 게다가 예술의 정신을 더 높이기 위해 노력하니 경제적 활동이 자연스럽게 뒤로 밀리고 경제적으로 궁색해질 수밖에 없다. 물론 극소수지만 자기 예술을 인정받아 경제적 지표가 확고해진 예술가들도 있다.

이면우 시인의 시 「아무도 울지 않은 밤은 없다」에 보면 "한 사내 머리로 땅을 뚫고 나가려던 흔적, 동그마니 패었다"는 부분이 있다. 그 부분을 읽고 나는 수없이 울었다. 세상은 낮과 밤처럼 분명히 구분돼 있다. 낮은 낮대로, 밤은 밤대로 사는 법이 따로 있다. 낮을 사는 새는 멀리 볼 수 있는 눈이 있어야 하고, 밤을 사는 새는 먼 거리의 소리를 들을 수 있는 귀가 있어야 한다. 누군가는 지금 새벽 혼자 울고 있을 것이다. 외로워서, 슬퍼서, 서러워서, 괴로워서, 답답해서 울 것이다. 그러나 어둠이 그 울음의 옷이 되어 주고 있어 위로가 될 것이다. 맘껏 울고 새 아침이 되면 아무도 울지 않은 밤처럼 그렇게 용기를 내어 살아갈 것이다. 나는 지난 33년 동안 그렇게 혼자 울며 시를 써왔다. 한 친구가 서울 지하철을 타러 갔다가 스크린 도어에 새겨져 있는 「참새」라는 시를 보았노라 문자를 보내 왔다.

참새는 제가 살 집은 짓지 않는다
집을 지어도 제 새끼를 키우기 위한 것으로
마지막 지붕은 제 몸을 얹어 완성한다
제 새끼에게 어미의 온기만 주겠다는 것이다

머리 위 은하수 별빛을 맘대로 바라보고

포롱 포로롱 하늘을 날아가는 꿈을 주고 있다

참새는 제 자식에게 다른 욕망은 가르치지 않는다

제 몸을 얹어 집을 완성하는 지극한 사랑

그 하나만 짹짹짹 가르치고 있다

– 임영석 시 「참새」 전문

　위의 「참새」라는 시는 아내와 이혼을 하고 혼자 아들을 키우며 쓴 시이다. 내 삶의 둥지에서 참새 같은 아들을 잘 키워 세상을 향해 훨훨 날아갈 수 있도록 하는 것이 내 의무라 생각했다. 그 다음은 내 몸도 참새 둥지처럼 쓸모가 없어지겠지만 당장 나의 행복은 아들을 참새처럼 잘 키워 내는 것뿐이었다. 나는 오늘, 밤하늘 빛나는 별빛을 보며 아무도 울지 않았으면 한다. 모두가 반짝반짝한 별빛만 바라보고 살았으면 좋겠다. 어린이 놀이터 구석에 빈 소주병을 놓고 앉아 혼자 울며 세상을 원망하는 그 울음소리가 아주 없기를 바랄 뿐이다. 이면우 시인의 시를 읽다 보면 왜 혼자 울고 있는지, 그 아픔이 고스란히 느껴진다.

깊은 밤 남자 우는 소리를 들었다 현관, 복도, 계단에
서서 에이 울음소리 아니잖아 그렇게 가다 서다 놀이터
까지 갔다 거기, 한 사내 모래바닥에 머리 처박고 엄니,
엄니, 가로등 없는 데서 제 속에 성냥불 켜대듯 깜박깜박
운다. 한참 묵묵히 섰다 돌아와 뒤척대다 잠들었다.

아침 상머리 아이도 엄마도 웬 울음소리냐는 거다 말
꺼낸 나마저 문득 그게 그럼 꿈이었나 했다 그러나 손 내
밀까 말까 망설이며 끝내 깍지 못 푼 팔뚝에 오소소 돋던
소름 안 지워져 아침 길에 슬쩍 보니 바로 거기, 한 사내
머리로 땅을 뚫고 나가려던 흔적, 동그마니 패었다.

– 이면우 시 「아무도 울지 않은 밤은 없다」 전문

일제강점기
민족반역 문학인에 대하여

2002년 민족문제연구소에서는 대표적인 친일 문학인 42명의 명단을 공개했다. 김동환 김상용 김안서 김종한 김해강 노천명 모윤숙 서정주 이 찬 임학수 주요한 최남선(이상 시), 김동인 김소운 박영호 박태원 송 영 유진오 유치진 이광수 이무영 이서구 이석훈 장혁주 정비석 정인택 조용만 채만식 최정희 함대훈 함세덕(이상 소설,수필,희곡), 곽종원 김기진 김문집 김용제 박영희 백철 이헌구 정인섭 조연현 최재서 홍효민(이상 평론).

춘원 이광수는 '일본이 이렇게 빨리 망할 줄 몰랐다'라는 말로 친일에 가담한 이유를 들었다. 민족문제연구소에서 발표한 친일의 근거로 이광수는 1939년 2월 『동양지광』에 발표한 시 '가끔씩 부른 노래'를 시작으로 '내선일체와 조선문학(1940.4, 조선)', '지원병 훈련소의 하루(1940.11, 국민총력)', '대동아 일주년을 맞는 나의 결의(1942.12, 국민문학)', '폐하의 성업에(1943.2, 춘추)', '모든 것을 바치리(1945.1.18, 매일신보)' 등 103편의 시, 소설, 논설 등을 태평양전쟁 막바지까지 매체에 기고했다. 편수를 기준으로 보면 이광수에 이어 주요한(43) 최재서(26) 김용제(25) 김동환(23) 김종한(22) 이석훈(19) 박영희(18) 김기진(17) 노천명(14) 백철(14) 최정희(14) 정인택(13) 채만식(13) 모윤숙(12) 유치진(12) 서정주(11) 정인섭(11) 함대훈(11) 박영호(10) 등이 적극적으로 참여를 했다. (괄호 안 숫자는 친일 행위 글 발표 횟수)

그러나 모 대학교수는 〈친일이라는 아킬레스건을 어찌할 것인가〉라는 칼럼에서 친일이라는 족쇄 때문에 그들 문학이 추방당했다. 그러니 功過를 함께 교육현장에서 논하고 가르쳐야 하지 않느냐? 라는 질문을 던졌다. 이 논리라면 애국을 헌신짝처럼 버리고 일본의 군국주의를 따르고 글을 쓴 친일문학인의 문학성을 포용하자는 뜻이 아닌가.

친일문학인의 문학작품이 교육현장에서 배제되었다고 해서 일반 국민이 읽지 못하는 것은 아니다. 그리고 아킬레스건은 걸음을 걷게 하는 힘줄을 말하는데, 그들의 문학을 교육에서 배제한다고 우리 문학이 절름발이가 되는 것은 아니다. 친일문학인은 과거 그들 스스로 문학의 힘줄로 자리하고 싶었기에 나라를 배반하고 친일에 동조한 것이다.

아직도 우리 사회에 친일문학인의 문학성을 공으로 인정해야 한다는 말이 나온다. 그것은 마치 도둑을 잡고 도둑질한 것만 눈감아 주면 좋은 사람이 된다는 식의 접근법이다. 또한 친일청산을 하지 않고 정치적 논리로 군부독재와 결탁해 이 땅의 주류 문학을 수십 년 이끌어 오면서 과연 얼마나 올바른 국가관과 애국심을 고취시켰는지 묻고 싶다. 힘의 논리에 굴복해 복종하고 강제한 양심으로 문학인의 지성을 파괴한 사람들이지 않은가.

이 땅은 민주주의 나라다. 친일문학인이 되었든, 애국자가 되었든, 자유스러운 표현의 글을 발표하는 곳이다. 다만, 교육은 이 땅의 독립과 민주화와 산업화, 그리고 모든 사람이 평등하다는 삶의 기준을 더 높은 가치로 인정하고 그런 행동과 글을 쓰는 문학인의 작품을 아이들에게 가르쳐야 한다. 그런 원칙이 바로 서야 더 건강한 국가를 만들 수 있다. 때문에 친일문학인은 아킬레스건이 아니라 우리 역사의 상처다. 상처를 치료하지 않고 아프지 않은 부분만 바라보자는 것은 우리 문학의 몸을 더 아프게 만드는 일이다. 친일을 했다는 것은 민족을 반역한 행동일 뿐이다.

지금까지 민족반역자를 친일파라는 말로 희석시켜 불러왔다. 민족반역자라는 말보다는 친일파로 부르는 것이 민족을 반역한 행동을 희석할 수 있기 때문이다. 애국운동을 한 사람들을 독립운동가라고 부른다면 이에 반하는 삶을 산 사람들은 민족반역자로 불러야 타당할 것이다.

국가의 주권을 통째로 일본에 넘겨주고 일본의 앞잡이가 되어 살던 사람들을 민족반역자라 부르지 않고 친일파라는 희석된 말로 부른다면 그것은 미래에 더 기승을 부릴 사람들을 용인하자는 말이다. 무슨 파, 무슨 파(派), 부르는 일은 그 나라의 철학과 학문 등을 연구하는 학자들을 분류

할 때 쓰는 말 정도로 장르를 구분할 때 쓰는 말이다. 그러니 민족반역에 대한 과(過)가 크게 희석될 뿐 아니라 그들의 올바르지 않은 행동은 덮고 문학작품에 대한 부분만 다루고 가르치다 보니 그 속에 담긴 온전치 않은 정신이 고스란히 전해지는 것이다.

아직도 많은 국민들이 주입식으로 교육을 받았던 결과로 한국을 대표하는 문학인으로 그들을 기억한다. 친일에 동조한 그들 행위에 대한 평가는 제대로 전달되지 않고 있다. 세상이 아무리 변하고 변해도 돌은 돌이고, 물은 물이다. 돌과 물을 구분하지 않고 물을 돌이라 하고, 돌을 물이라 말하며 살았던 문학인들의 정신을 이성의 집단에서 문학상까지 만들어 이를 기리고 숭배하는 것은 백번 생각해도 올바른 처사가 아니다.

우리 사회 곳곳에 친일에 동조해 부와 명예를 축적한 이들이 호의호식하고 살고 있지만, 독립운동을 한 자손은 말 그대로 가난과 궁핍의 생활을 면하지 못한 채 살고 있다. 스스로 정치적 이해관계로 친일을 정당화하기 위한 자기

모순에 빠진 문학인들이 이 나라에 수없이 많고 지금도 존재한다. 그 친일에 동조한 민족반역 문학인들 밑에서 공부하고 등용한 관계인데 그들의 과를 얼마나 진정성 있게 전달하고 교육할 수 있을 것인가. 그것만 봐도 우리 문학이 진정성을 수용할 수 없는 가장 큰 장애 중 하나를 끌어안고 있다고 할 수 있다. 과연 김삿갓(김병연)처럼 조부를 비판한 글을 써 급제를 한 것을 도리어 후회하고 평생 떠돌며 살았던 그런 진정한 문학인이 있는가? 우리들 스스로 반문해 보면 그 답이 나올 것이다. 과거의 바르지 못한 틀을 깨야 하는데, 문학 권력의 사슬은 뿌리부터 엉켜서 김삿갓 같은 참된 문학인이 쉽게 출현할 수 없는 게 현실이다.

우리 역사는 민중과 서민의 삶을 크게 대변하지 않았다. 또한 문학 작품도 사랑이라는 감정을 빼면 그다지 일반 서민의 삶을 그려낸 작품을 찾기 쉽지 않다. 일제강점기 민족 반역의 문인들을 평가하며 그들의 문학이 빛나고 아름답다고 말한다면, 비 오는 날 별을 보겠다는 마음과 다를 바 없다. 문학인의 이성은 그 정신까지도 맑아야 한다. 묘사와 표현의 기능이 제아무리 뛰어난 작품이라 해도 그 정신이 나약하면 묘사의 실체가 사라지는 순간 무너질 것이다. 우리는 지금 김삿갓 같은 자기부정을 인정하고, 자기모순을 바로잡고자 하는 문학인의 양심을 요구하고 그런 시대를 열어야 한다.

군이 민족반역의 문학인들의 작품을 높이 평가하고 그들의 문학을 선호하는 개인의 양심까지 막아내지는 않더라도, 문학단체들은 역사적 사실에 기초한 문학인의 이탈 행위들을 비판하고 미래의 문학이 더 건강하게 바로 설 수 있도록 노력을 해야 한다. 나무들도 살아가는 환경에 따라 그 크기와 강도가 다르다. 그래서 일제강점기 친일에 동조한 문학인을 친일파라 부르는 것도 이제는 민족반역 문학인으로 고쳐 불러야 한다. 그래야 독립에 앞장선 애국자들의 위상이 더 온전해질 것이다. 단순히 친일파로 장르를 구분하는 정도로 남겨 놓는다면 민족반역이 크게 나쁜 죄질이 아닌 것으로 호도될 것이다.

하루에도 수백 권의 문학작품이 쏟아져 나오는 시대에 이성 집단의 문학인들이 일제강점기 문학인들의 반민족

행위들을 얼마나 진지하게 생각하고 있는가 묻고 싶다. 일제강점기 반민족 문학인들의 문학 권력에 지배된 이 땅의 문학이 자기모순을 모르고 아직도 그 문학 권력에 심취해 있다는 사실을 볼 때, 용기를 내어 반민족 문학인이란 수식어를 붙일 수 있을 때 우리 문학은 한층 더 진일보할 것이다.

술에 대해서

2019년도 이제 한 달 남았다. 한 해를 마무리하는 술자리가 많아지는 달이다. 무엇보다도 술을 마시는 데 있어 왜 마시는지, 누구와 마시는지 한 번 생각을 해 볼 필요가 있다. 술을 마시는 이유는 무궁무진하다. 답답해서, 억울해서, 어쩔 수가 없어서, 막막해서, 분노해서, 즐거워서, 행복해서, 기뻐서, 고마워서… 등등, 그 이유는 끝이 없다.

조지훈 시인은 18등급으로 술을 마시는 등급을 분류를 했다고 한다. 그 분류를 알아보면 다음과 같다. 1)부주(不酒) : 술을 아주 못 마시지는 않으나 안 마시는 사람. 2)외주(畏酒) : 술을 마시긴 마시나 술을 겁내는 사람. 3)민주(憫

酒) : 술을 마실 줄도 알고 겁내지도 않으나 취하는 것을 겁내는 사람. 4)은주(隱酒) : 술을 마실 줄도 알고 겁내지도 않으며 취할 줄도 알지만 돈이 아까워서 홀로 숨어 마시는 사람. 5)상주(商酒) :술을 마실 줄도 알고 좋아도 하지만 무슨 잇속이 있어야만 술값을 내는 사람. 6)색주(色酒) :성생활을 위해서 술을 마시는 사람. 7)수주(睡酒) : 잠이 안 와서 술을 마시는 사람. 8)반주(飯酒) : 밥맛을 돋기 위해 술을 마시는 사람. 9)학주(學酒) : 술의 진경(珍景)을 배우면서 마시는 사람, 주졸(酒卒). 10)애주(愛酒): 술을 취미로 맛보는 사람, 주도(酒徒). 11)기주(嗜酒) : 술의 참맛에 반한 사람, 주객(酒喀). 12)탐주(眈酒) : 술의 진경을 터득한 사람, 주호(酒豪). 13)폭주(暴酒) : 주도를 수련하는 사람, 주광(酒狂). 14)장주(長酒) : 주도 삼매(三昧)에 든 사람, 주선(酒仙). 15)석주(惜酒) : 술을 아끼고 인정을 아끼는 사람, 주현(酒賢). 16)낙주(樂酒) : 마셔도 그만, 안 마셔도 그만, 술과 함께 유유자적하는 사람, 주성(酒聖). 17)관주(關酒) : 술을 보고 즐거워하되 이미 마실 수 없게 된 사람, 주종(酒宗). 18)폐주(廢酒) : 술로 인해 다른 술 세상으로 떠나게 된 사람, 열반주(涅槃酒)로 분류했다.

스스로 내가 어떻게 술을 마시고 있는지를 보면 살아가는 인생의 모습도 바라볼 수 있다. 조지훈 시인은 술을 마시는 등급에 따라 사람의 모습을 구분하였지만, 술은 인간관계를 맺어주는 하나의 끈이라는 것은 부인할 수 없다. 가장 좋은 술자리는 석주의 단계가 아닌가 생각한다. 술을 아끼고 인정을 아끼는 사람이 술을 마실 때 삶의 흥도 배가되지 않을까.

옛다 여봐라 말 듣거라 술이나 한 잔 빚어보자

때는 마침 어느 때뇨

춘절하절(春節夏節)은 다 지나가고 가을 절기가 당도하니

앞산뒷산에 단풍이 지고 때가 좋으니 술 빚어라

오곡백과로 누룩을 잡아 감초 초약으로 덧질을 하고

한달을 빚어 일삭주(一朔酒)며 두달 빚어라 이삭주

석달 빚어 삼삭주요 석달 열흘에 백일주요

마고선녀(麻姑仙女) 천일주(千日酒) 달이 밝다고 월명주(月明酒)요

날이 밝다고 일월주(日月酒)요 늙지 말자고 불로주(不老

酒)요

죽지 말자고 불사주(不死酒)요

이백(李白)이 기경포도주(騎鯨葡萄酒)며 산림처사(山林
處士) 송엽주(松葉酒)요

혼자 빚으면 걱정주요 둘이 빚으면 공론주(公論酒)요

뚝 떨어졌다 낙화주요 삼월하루 두견주요

아니아니 좋을소냐 이 술 한 잔을 잡수신 후에

없는 자손 생겨주고 있는 자손은 수명장수

재수소망도 도와주마

어찌나 좋으신지 모르겠네 야- 얼싸

– 서도민요 「술타령」 전문

　서도민요 술타령을 보면 술을 빚는 이유가 다 다르게 전
해져 오고 있다. 술을 빚으면서 우리네 삶의 걱정도 씻어내
고 새로운 각오를 다지는 의미도 깊다. 술은 슬플 때도 마
시고 기쁠 때도 마신다. 그러니 술은 술을 마시는 장소에
따라 사랑주가 되고 이별주가 된다. 같은 술인데 사람의 마
음에 따라 수만 가지 이유를 붙일 수 있는 것이 술이다. 술
은 사람이 사람을 상대로 화풀이를 할 수 없을 때 술에 화

풀이를 하고 시련을 이겨내는 길을 알려주고, 술은 술로 인하여 인생 앞길을 휘청거리게 만들 수도 있는 천애의 얼굴을 가진 요물이다. 적당히 마시면 보배요 취하게 마시면 악마가 된다.

서로가 힘들게 살아가는 세상이다. 그 삶을 응원하고 등 토닥여 주는 술자리를 통해 내일의 삶이 술술 잘 풀렸으면 좋겠다. 술자리가 많은 12월, 우리가 술을 왜 마셔야 하는지, 마시면 어떤 마음을 가져야 하는지 생각을 하고 마신다면 취해도 그 마음속 속 쓰린 아픔은 덜하지 않을까. 술과 관련된 무궁무진하게 많은 사연들이 있다. 첫사랑의 실연에 마신 술부터 첫아이를 낳고 축하받은 술, 결혼식, 장례식, 회갑연, 우리들 삶의 희로애락에 술은 빠지지 않는다. 그러한 삶의 이야기가 녹아있는 게 술이 아닐까. 아래 시는 차승호 시인의 「술 먹었다고 하는 얘기가 아니라」라는 시이다.

　자네, 우리 애하고는 친구 아닌감 넘덜은 싸가지가 읎네 골통이네 해도 난 그늠 참 좋다 술 먹었다고 하는 애

기가 아니라 아, 지가 배운 게 있어 뭐가 있어 가방끈이
야 지가 짤라 먹었지만서두 그늠, 서울 가 입때꺼정 잘
살잖어 대견허여 그런디 말여 넘덜은 그것두 인사라구
말여 나만 보믄 장가 안 보내냐구 원제 국수 먹느냐구 내
알지 내 걱정인 중 뻔허게 알지 그런디 난 그게 듣기 싫
은겨 곰배팔이보고 곰배팔이라고 허먼 좋겄나 자네는
오랜만에 나 봤다구 그런 인살랑 당최 허덜 마 술 먹었다
고 하는 얘기가 아니라 아, 장가 못간 게 한둘이여 시상
이 그런걸 워떡헌다니

　　그류, 술 먹었다구 드리는 말씀이 아니라 좋은 말씀은
좋은 말씀유 그런디 원제 국수잔치 허실규?

– 차승호 시 「술 먹었다고 하는 얘기가 아니라」 전문

채송화, 봉선화를 생각하다

채송화와 봉선화를 보며 나는 자랐다. 초가집 뒷마당 한쪽 장독대 옆에 터를 잡고 아침 해가 뜨면 활짝 꽃을 피웠다. 그리고 계절이 지나면 앙다물 듯 씨앗을 담고 있는 꽃씨 주머니를 터트리며 놀았다. 누님은 친구들과 봉선화 꽃잎을 따 손톱에 물들이고 첫눈이 내릴 때까지 지워지지 않기를 바랐다. 열 손가락 손톱을 쭉 펴고 하루 종일 무엇도 잡지 못하고, 내게 온갖 심부름을 시켰다. 초가집이었지만 장독대도 있고, 두레박질을 해 물을 퍼 올리는 우물도 있고, 늙은 밤나무도 있고 크지는 않았지만 사각거리는 대나무밭도 있었다. 그렇게 나는 그 작은 울타리 안에서 꿈을 키우며 어린 시절을 보냈다.

요즘은 이런 장독대나 채송화, 봉선화 꽃이 피어 있는 집을 찾아보기 힘들다. 아파트 화단이나 정원이 있는 단독 주택의 경우 장미처럼 화려함이 돋보이는 꽃들이 주로 차지하고 채송화, 봉선화는 추억 속에나 피는 듯 눈에 띄지 않는다.

또 식물원은 물론 야생화를 주로 가꾸는 곳에서도 볼 수 없는 것은 이미 우리 정서에서 그만큼 잊혀져 가고 있다는 말일 것이다. 1940년 봉선화는 일제강점기에 김형준 선생의 글에 홍난파 선생이 곡을 붙여 서러운 한을 노래로 불렀던 꽃이기도 하다.

울밑에선 봉선화야 네 모양이 처량하다
길고 긴 날 여름철에 아름답게 꽃 필적에
어여쁘신 아가씨들 너를 반겨 놀았도다

어언간에 여름가고 가을바람 솔솔 불어
아름다운 꽃송이를 모질게도 침노하니
낙화로다 늙어졌다 네 모양이 처량하다

북풍한설 찬바람에 네 형체가 없어져도

평화로운 꿈을 꾸는 너의 혼은 예있으니

화창스런 봄바람에 환생키를 바라노라

– 김형준 작사, 홍난파 작곡 「봉선화」 가사

이 곡을 보면서 너무 서정성과 나약함에 치우쳐 곡을 쓴 게 아닌가 하는 생각을 했다. 어쩌면 1940년대의 시대적 현실이 울 밑에 선 봉선화처럼 우리들 모양이 처량하고 북풍한설 찬바람 불어오는 가을이면 꽃의 형체가 시드는 것으로 해석, 조선의 운명도 이 같이 될 것이니 더 저항할 생각을 갖지 못하도록 작업을 한 게 아니었을까. 홍난파 선생은 일제강점기에 국민총력조선연맹의 문화위원으로 우리 역사에 있어 반민족행위자로 활동했다. 그 때문에 오늘날까지 매국자라는 꼬리표가 따라다니는 대표적인 예술인이다.

봉선화는 그렇게 나약하고 힘없는 꽃이 아니다. 여름 땡볕에도 굴하지 않고 꽃을 피우는 꽃이다. 여름에는 날이 뜨거워 배추나 무 등 다른 채소들은 자라지 못하고 녹아내릴 지언정 봉선화나 채송화는 그 더운 여름날에도 꿋꿋하게 꽃을 피우고 아름다움을 뽐낸다. 이런 강한 생명력을 강조하지 않은 것 자체가 한민족의 끈기나 올곧은 정신은 낮추고 한과 서정만을 앞세운 홍난파 선생의 의중에 조선은 사라지고 일제강점기 현실에 순응하며 살아야 한다는 마음만 담기지 않았나 생각 된다.

혹자는 "노래는 노래로 생각하고 꽃은 꽃으로만 바라보아야 할 것이다"고 말할 수 있다. 하지만 독일의 안네 프랑크는 나치의 그 가혹한 강압에도 숨어서 그들의 만행을 일기 속에 담았다. 『안네의 일기』가 그 일기다.

우리 시대에 이 같은 의미를 갖는 채송화나 봉선화를 기억하지 않는 것은 더 향기가 짙고 더 화려한 서양 꽃들 때문이요, 무엇보다 아파트 생활 문화로 마당과 뒤뜰이 사라져 울 밑이 사라진 탓일 것이다. 또 전국의 꽃 축제가 그렇게 많아도 봉선화나 채송화를 주인공으로 한 꽃 축제를 한다는 얘기는 들어 본 적이 없다.

우리들 추억 속의 채송화, 봉선화도 삶에서 지워지고 있다는 사실이 아쉬울 뿐이다. 한 편으로 채송화가 활짝 핀 우물가 풍경과 봉선화가 활짝 핀 장독대 풍경이 어우러진 한국적 정원이나 공원, 학교 화단과 아파트 화단 등에 많이 심어지기를 바라는 마음이다. 채송화, 봉선화가 나약함의 상징이 아닌 뜨거운 여름 볕을 이겨내고 강렬한 생명력으로 꽃피는 것을 모두가 볼 수 있게 되기를 기대해 본다.

내 어머니의 모습처럼 작고 조그마한 꽃. 여름마다 잊지 않고 뜨거운 햇살 머금고 꽃봉오리를 올리고 아침저녁 선선한 바람이 불면 가장 아름다운 모습으로 피었던 꽃. 그런 꽃이 채송화와 봉선화였다.

참꽃

주변 여기저기 꽃이 흐드러지게 피어 있다. 그런데 그 꽃들에 애증이 묻지 않는다. 사랑의 눈빛으로 다가설 수 없는 마음은 왜일까. 공원이나 도로변에 심은 꽃들은 꽃의 모양만 아름답게 피어 있고, 인위적이고 가공된 느낌이 너무 강하다. 꽃의 모양만 보기 좋게 개량이 된 꽃이다 보니, 공장에서 수없이 막 찍혀 나온 상품들 같은 느낌이 든다. 자연속에서 고즈넉이 바라보고 느끼는 그런 여백이 없다. 강렬한 빛으로 사람의 눈만 현옥하는 그 느낌이 든다. 반면 참꽃은 꾸며진 정원이나 공원에 피어 있는 장미나 목련과 달리 그 아름다움이 사뭇 다르다.

내 어릴 적에는 진달래꽃을 참꽃이라 불렀다. 봄이면 참꽃을 꺾어다 꽃다발을 만들어 작은 항아리에 꽂아 놓으면 어머니는 참꽃 잎을 따서 떡 위에 놓거나, 화전을 부쳐주었다. 그 기억이 새록새록 하다. 요즘이야 먹을 것이 넘치고 넘쳐 골라 먹어도 남는 시절이니, 참꽃 맛을 가늠하기 힘들 것이다. 그 시절은 보릿고개를 넘기던 시대이니 무엇이라도 먹어야 했다. 참꽃을 한주먹 따서 입에 넣고 먹다 보면 입술이 파래졌다. 그래도 아무 탈이 나지 않았다. 참꽃을 꺾으러 가다가 덤으로 꿩알이라도 발견하는 날이면 횡재했다고 설레발을 치며 꿩알을 다 훔쳐왔다. 꿩한테는 미안하고 미안한 일이었지만, 꿩은 대개 열 개 이상 알을 낳기 때문에 횡재가 아닐 수 없었다. 그렇게 참꽃을 따먹고 다니다가 참꽃이 진달래꽃이라는 것을 알게 된 것은 중학교에 들어가 처음 읽은 『물망초』라는 시집을 통해서다. 1971년 발행된 오행자 편저 『물망초』라는 시집이었는데, 그 당시 가격이 250원으로 김소월 시를 중심으로 세계 명시, 국내 명시를 담은 시집이었다. 이 시집을 교복 주머니에 넣고 다니며 읽고 또 읽으며 참꽃이 왜 그렇게 서글픈 아름다움을 지녀야 했는가 가슴으로 느끼기 시작했다.

나 보기가 역겨워

가실 때에는

말없이 고이 보내 드리오리다.

영변(寧邊)에 약산(藥山)

진달래 꽃

아름 따다 가실 길에 뿌리오리다.

가시는 걸음걸음

놓인 그 꽃을

사뿐히 즈려밟고 가시옵소서.

나 보기가 역겨워

가실 때에는

죽어도 아니 눈물 흘리오리다.

- 김소월 시 「진달래 꽃」 전문

철쭉꽃은 오랑캐꽃이라 불렀고, 진달래꽃을 참꽃이라 불렀다. 철쭉꽃은 색이 짙고 꽃이 다닥다닥 피어 있지만, 참꽃은 은은한 색과 하나하나 피어오르는 그 꽃이 주는 아름다움이 오랜 시간 내 가슴을 깊이 물들였다. 내 고향에는 참꽃이 많이 피는 산들이 따로 있었다. 나무를 해서 땔감으로 사용했던 시절이니 참꽃은 바위가 많은 곳이나 응달이 진 곳에 군락을 이루어 피었다. 그 꽃을 꺾으러 다니다 보면 신고 간 고무신이 찢기기도 했고, 입고 간 옷의 무릎이 다 헤지기도 했다. 그래도 나의 어머니는 참꽃을 꺾다가 그랬다고 하면 야단을 심하게 치지는 않았다. 다른 아이들보다 작은 키에 참꽃을 손에 들고 있는 모습을 차마 뭐라고 야단을 치시기보다는 늘 걱정을 먼저 하셨다. 참꽃을 꺾다가 산에서 넘어진 날에는 또 다칠까 염려가 되어 바위산에 가지 말라는 당부를 했다.

세월이 흘러 추억 속에 깃들어 있는 참꽃이 유명하다는 산을 종종 찾아간다. 진달래꽃으로 유명한 산들이 몇 군데 있다. 창원 화왕산, 강화 고려산, 억지춘향이처럼 찾아가 보면 사람의 수가 참꽃보다 더 많다. 차는 밀리고, 주차할 곳은 마땅치가 않다. 그래서 산악회에 들어 버스를 타고 산악회 회원들과 함께 산을 오르면 그때서야 참꽃의 매력에 빠져 든다. 참꽃을 바라보면 항상 내 어머니 쪽진 머리에 꽂은 비녀 같다는 생각이 든다. 내 어머니 생일이 음력 사월 초파일이니 참꽃이 한창 필 때다. 참꽃을 보면 내 어머니가 살아서 돌아온 듯이 기쁘다. 봄마다 뒷동산에 올라 참꽃을 꺾으러 가다가 옷도 찢어먹고, 고무신도 찢어먹고, 손도 할퀴고, 더러는 친구들과 더 좋은 참꽃을 꺾겠다고 서로 싸우기도 하고, 개구쟁이 시절의 내가 어머니 무릎에 앉아 있는 것만 같아진다.

그러나 요즘은 사람들이 먹고 사는 데 여유가 있어서 그런지 봄마다 꽃구경을 가는 행렬이 또 다른 꽃길처럼 보인다. 울긋불긋 화려한 등산복에 가방을 둘러맨 모습들이 참꽃보다 더 화사하다. 더러는 참꽃 구경보다 사람 구경을 더 많이 할 때가 있다. 참꽃이 아름다운 포토 존 앞에는 순서를 기다리는 사람들의 얼굴이 참꽃과 어울려 또 다른 장관을 연출한다.

공원이나 정원에 아무리 좋은 꽃을 심어도 참꽃처럼 아름다운 모습을 지닌 꽃은 없다는 생각이 든다. 철쭉이나 영

산홍, 목련이나 개나리, 튤립이나 팬지 같은 꽃들도 아름다운 봄을 수놓고 있지만, 자연 속에서 자연의 멋을 그대로 품고 있는 참꽃은 어릴 적 추억 때문인지, 김소월 시인의 「진달래 꽃」을 너무 많이 읽어서 그런지, 어머니가 화전을 부쳐주던 추억이 지워지지 않아서 그런지, 사뿐히 즈려밟고 가라 해도 나는 눈길을 주는 것 말고는 즈려밟고 갈 용기가 나지 않는다. 참꽃은 그 모습이 쪽빛 머리에 꽂은 비녀처럼 늘 내 가슴을 두근거리게 하는 꽃이다.

물과 불

사회적으로 가장 큰 논란을 일으키는 문제가 이념이 아닌가 싶다. 이념(理念)이란 이상적인 것으로 여겨지는 생각과 견해를 말하는데, 그 근본에는 물과 불처럼 현실을 이겨내기 위한 정신이 작용한다. 구소련을 중심으로 사회주의체제가 붕괴 되면서 국제사회 측면에서도 이념적 질서가다소 약화되었다. 그러나 아직도 이념을 논하면 대표적으로 자본주의와 사회주의 두 갈래의 체제를 말하게 된다.

우리나라는 아직도 남과 북이 대치하며 적대적 관계를유지하고 전쟁이 종식되지 않아 이념적 긴장감이 수시로고조되고 있다. 그 이념이라는 것이 과연 무엇일까. 물과 불은 분명 서로 상극의 관계다. 그러나 물은 불이 있어야 사람 삶에 윤택함을 더해 준다. 또한 불은 물이 있어야 불의 기능을 확장시킬 수 있다.

물은 불과 조화를 이루었을 때 에너지를 발생시키고, 불은 물을 끓여야 에너지를 생산한다. 물과 불은 분명 다른 물질이지만 사람이 그것들의 상극 에너지를 얻을 때 그 시너지 효과는 극대화된다. 이념도 처음에는 상극의 시너지 효과를 얻어내기 위해 출발했을 것이다. 공산주의는 민주주의의 단점을 더 많이 피력했고, 민주주의는 공산주의의 단점을 극대화한 것이다.

지금껏 이 지구상에서 물과 불의 쓰임에 따라 인류의 삶은 발전되어 왔다. 이 같은 물과 불의 관계가 사람 삶 중 정신에서 이념으로 자리잡아 왔다. 불을 더 신봉하는 사람이 되었든, 물을 더 신봉하는 사람이 되었든, 물과 불은 서로 조화롭게 다스리지 않고는 사람의 삶이 행복해지지 않는다. 그러나 물과 불은 그 중립의 위치가 형성되지 못한다. 물을 채울 그릇이 따로 필요하고 불을 사를 나무가 없이는 불도 타오르지 못한다. 이념도 그러한 관점으로 바라보면 물의 생각과 불의 생각만큼 확연히 다를 것이다. 그러나 확연히 다른 두 물질이 없다면 에너지를 얻는 힘 역시 발생하지 않는다.

세계적으로 가난한 나라들의 사례를 보면 물과 불을 제대로 사용하지 못하였다. 불의 에너지를 발전시켜 온 것은 나무와 같은 땔감에서 석탄, 석유, 가스 등을 통한 발전 시설이 있다. 물의 에너지는 물레방아에서부터 수력 발전이 진화되어 왔다. 댐이나 풍력 발전소, 핵 발전소, 태양광 발전소 등이 모두 전기 에너지를 얻고자 하는 수단들이다. 이것들은 물과 바람, 불의 요소들을 잘 활용한 사례들이다.

사람의 생각도 잠재된 이념이 물과 불처럼 조화를 이루어야 삶의 에너지가 생긴다. 이념이라는 그릇을 정치적 목적에만 부여하면 시멘트처럼 단단해지고, 상호 서로의 생각을 읽어낼 틈도 없이 견고해진다. 그래서 세상은 이념 때문에 냉전의 시대를 맞기도 하는 것이다. 지금 우리나라는 그 이념의 한복판에서 한 세기를 맞고 있다.

그러나 자연은 이념이 없다. 생존의 목적만 존재하기 때문에 살아가는 힘만 갖출 뿐이다. 그러나 사람은 생각을 지니고 살다 보니 더 많은 목적을 달성하기 위해 여러 철학적 사고들을 만들어 냈다. 사회주의와 자본주의도 그러한 이념의 한 종류일 뿐이다. 공산주의와 민주주의도 이념의 표출 방법에 따른 목적일 뿐이다. 앞으로 어떤 이념이 등장할지는 몰라도 이념이라는 것은 사람이 행복을 추구하는 목적으로 사용되어야 한다. 그렇지 않고 이념에 구속이 되어 버린다면 콘크리트 같은 단절된 세상만 만나게 될 것이다.

이 지구는 수만 가지 식물과 동물, 광물, 생물 등이 조화를 이루며 살고 있다. 사람도 그 속에 한 분류로 속해 이 지구를 지배하고 관리하는 주체로 살아왔고 살아가고 있다. 물과 불을 발견한 시점부터 지금까지 살아온 시간을 보면, 이념으로 발생한 갈등 때문에 앞으로는 더 큰 삶의 생존경쟁이 유발되어 고통을 받게 될 것이다.

친환경은 환경을 지키는 일이고 파괴하려는 사람의 행동을 막는 일이다. 그 속에 물과 불을 통해 사람과 자연이 물과 불처럼 조화를 이루어 새로운 삶의 에너지를 만들어내야 한다는 답이 들어 있다. 과학도 자연의 지혜를 알아내는 일이다. 자연을 바로 보고 자연의 이념을 이해한다면 사람의 삶도 행복해질 것이다. 나무들의 광합성 작용, 그리고 열매를 익히는 방법, 꽃을 피우는 방법 등은 사람이 전기에너지를 사용해 불빛을 발견하게 했다. 자연이 살아가는 방법에서 이념을 드러내지 않았기에 가능한 일이다. 물과 불 두 물질의 기능을 잘 활용해야 에너지를 얻을 수 있듯이 이념도 물과 불의 관계처럼 활용하면 삶에 커다란 빛을 선물할 것이다.

마당이 있는 집

　요즘 세상은 폐쇄적이고 개인의 주거 공간이 남에게 노출되지 않는 것을 선호한다. 때문에 어떤 일을 하고 살아가는지, 어떤 생활을 하고 있는지 숨겨져 있다. 그러나 농경 사회의 주거 문화에서는 사립문이라는 게 있고 마당이 있고, 초가집 또는 기와집이 있어 그 집안의 살림살이가 어떠한지를 오고 가며 짐작할 수 있었다. 그 집 굴뚝에 연기는 나는지, 그 집 마당 빨랫줄에 빨래는 널려 있는지, 그 집 사립문은 꼭꼭 닫혀 있는지, 열려 있는지, 마당만 보고도 속 사정을 어느 정도 예측했다. 그러나 지금은 사방이 꽉 막힌 아파트나 주택에 살다 보니 주변의 삶이 어떠한지를 알 수 없다.

몇 년 전 글을 쓰던 한 젊은 작가가 끼니도 해결할 수 없어 스스로 죽어간 일이 신문에 크게 보도된 일이 있다. 그래서 그 일이 있은 후부터 예술인 복지제도가 시행되고 있지만, 정작 자기 자신의 궁핍을 밖으로 드러내는 예술인은 많지 않다. 대표적으로 한 베스트셀러 시인이 생활보호 대상자였던 사실이 밝혀지는 일도 있었다. 겉으로 드러나지 않으니 생활고에 시달리고 있는지, 밥은 먹고 있는지, 병에 걸려 사는지, 모든 사람이 알 수 없는 사각지대 속 삶이 되는 것이다. 이는 사람의 삶을 들여다보는 마당이 없기 때문이다.

1인 가구 시대가 늘어나고 젊은 층도 독립해 혼자 살다 보니 생활고는 비단 나이 들고 연로한 노인만 겪는 일이 아니게 되었다. 젊은 빈곤층이 늘어나며 극단적 선택을 하고 있어 자살률이 해마다 높아지고 있다. 농경사회의 주거 공간처럼 마당이 있는 집에 산다면 서로가 십시일반 어떻게든 끼니는 해결할 수 있게 도와줄 것이고, 아픈 노모를 돌보는 일도 이웃들이 마음을 더해 다 함께 거들 수 있을 것이다. 그러나 폐쇄적이고 넘어다볼 수 없는 주거 형태에서는 생활고에 시달리는지 병고에 시달리는지 그 상황을 지켜볼 장치가 없다.

그래서 수도세나 전기세를 몇 달째 내지 않으면 위험을 감지할 수 있는 제도도 만들고, 우유 같은 유제품을 신청한 집은 배달원이 안부를 챙기고, 지자체마다 독거노인이라든지, 생활보호 대상자를 점검하는 방안들을 만들어 시행하고 있다. 이 모두가 굴뚝의 연기가 나는지 안 나는지, 빨래는 마당에 널려 있는지 볼 수 있었던 옛 사람들의 생활 방식을 참고해 얻어낸 아이디어라 할 수 있다.

할머니 마실 다녀오시네

낙타처럼 등 내밀고
햇볕 한 짐 태우고 오시네

할머니 굽은 등 펴시네

와르르 햇볕 쏟아져

우리 집 마당 눈이 부시네

– 곽해룡 동시 「할머니」 전문

등 굽으신 할머니가 마실을 갔다가 오시며 등에 한 짐 햇살을 지고 오셔 마당에서 허리를 펴면 그 햇살이 부려져 환한 마당이 된다. 마당이 있기 때문에 느낄 수 있는 삶의 풍경이다. 마당이 없다면 굽은 등 이끌고 어떻게 살아가고 있는지 알 수 있는 방법이 없다. 과거의 생활이 모두 의미 없는 것은 아니다. 현대식 건물 구조는 내 이웃이 누구인지 알 수 없는 세상에서 서로가 서로를 경계하며 살도록 되어 있다. 남이 무엇을 하든 상관하지 않는다. 남이 굶든 말든 관여하지 않고 나만 생각하며 산다. 곽해룡 시인은 위의 동시로 그런 삶보다는 등 굽은 할머니가 마실 갔다가 돌아와 허리를 펴는 모습에서 살아 있다는 것을 확인하고 눈부시다고 말한다.

아파트는 윗집 아이가 놀며 뛰는 소리 때문에 신고를 하고 짜증을 내고 서로 민원을 호소하며 살아야 한다. 생활고와 병고로 죽어도 발견이 쉽지 않다. 그래서 종종 누군가가

죽은 지 몇 달이 지나 발견되었다는 뉴스를 접하게 된다. 밀폐되고 폐쇄적인 공간에 마당이 있는 집처럼 이웃과 이웃이 얼굴을 마주보는 주거환경을 아파트 단지 등에도 접목할 필요가 절실해졌다. 특정한 층에 사랑방 같은 거실이 있다면 쉼터가 되어 줄 것이고, 차 한잔 함께 나누는 공간이 되어 줄 것이다.

하늘의 별처럼 멀리 빛나는 아름다운 불빛도 함께 바라보고, 빨랫줄의 빨래 그림자 같은 이웃의 설렘임 가득한 가슴 속도 들여다볼 수 있을 것이다. 삶의 마당이 없다 보니 하늘의 별이 아름답게 떠 있는 것도, 옆집 아이의 맑은 눈빛을 바라보는 일도 쉽지 않다. 그래서 더 층간 소음의 민원이 늘어나고, 이해심이 부족해지는 동시에 개인의 폐쇄성 또한 날로 깊어져 가고 있다. 이제라도 아파트 같은 공동 주택에는 서로가 함께 얼굴을 마주보는 마당과 같은 삶의 공간이 만들어져야 한다. 그 마당을 갖지 않으면 내 이웃이 어쩌면 범죄자가 아닐까 하는 불안감을 여전히 안고 살아갈 것이며, 그러한 불신의 벽에 가로막혀 아파트 현관문은 믿음이 실종된 CCTV의 눈빛만 감시자로 남게 될 것이다.

맹꽁이 소리

비가 오니 맹꽁이 소리와 개굴개굴 개구리 소리가 창문을 넘어 들려온다. 맹꽁맹꽁, 개굴개굴, 참으로 정겨운 소리다. 나는 개구리 소리, 맹꽁이 소리 때문에 다른 곳으로 이사를 가고 싶은 생각이 안 든다. 밤마다 창문 밖에서 들리는 이 소리가 어떤 음악보다도 어떤 강사의 삶을 전하는 강연보다도 따뜻하고 뜨겁게 들려와 귀가 항상 즐겁고 기쁘다.

이 맹꽁이 소리를 어렵지 않게 듣고 사는 것이 나에게는 행운이다. 저 맹꽁이들과 개구리들의 소리가 없다면 나의 아름다운 공간은 삭막한 사막이 되었을 것이다. 어느 미술

관의 그림이 저 소리만큼 풍요로운 감동을 줄 것이며, 어느 음악회의 악기가 저 소리만큼 정겨운 울림을 줄 것인가. 사람이 어떤 인위적 행위로는 만들어낼 수 없는 소리들을 무상으로 해마다 나는 듣고 있다.

그런데 안타깝게 이런 자연의 공간이 점점 좁아져 줄어들고 있다. 처음 원주 행구동에 이사를 왔던 27년 전에는 치악산 줄기가 그대로 봉산동 경찰서 앞까지 숲으로 이어져 있었다. 그런데 지금은 그 산맥이 공원 주변에서 끊겨 치악산만 삐쭉 솟아 있다. 분명 치악산 줄기에서 들렸던 자연의 소리는 무궁무진했다. 소쩍새 소리, 부엉이 소리, 논밭에 살았던 개구리, 맹꽁이 소리, 꿩 울음까지 들렸다. 이제는 차들만 씽씽 달리고 음식점과 커피 전문점만 날로 늘어나고 있다.

개구리 소리가 뭐가 그리 중요하냐고 말하는 사람도 있다. 아니 서푼 어치도 안 되는 맹꽁이 울음이 뭐가 그리 중요하냐고 물을 것이다. 그러나 자연은 한번 그 모습을 잃으면 복원하는 데 몇 백 년이 걸린다. 도시를 개발할 때 생태조사를 하고 역사적 가치를 조사하는 이유가 사람 위주의 환경 개발이 멸종될 수 있는 자연 생물을 보호하기 위함이다. 환경 오염 정도를 판단할 수 있는 기준이 과학적으로 철저하게 검증된 수치라 해도 자연 속에 사는 사람의 신뢰를 만족시키지 못한다. 결과적으로 맹꽁이 소리가 들리고 개구리 소리가 들리는 자연환경만큼 확실한 안전을 보증하는 답이 없는 것이다.

어쩌면 먼 미래는 맹꽁이 소리와 개구리 소리를 듣기 위해 개구리나 맹꽁이가 살 수 있는 자연환경을 따로 조성해 환경 여행을 떠나야 할 것이다. 당장 먹고살기 위한 용도만을 생각한 개발을 지속적으로 앞세운다면 맹꽁이 소리는 머지않아 다시 듣지 못하게 될 것이다.

열무김치
담글 때는
님 생각이 절로 나서
걱정 많은 이 심정을
흔들어 주나 논두렁의 맹꽁이야

너는 왜 울어

음~

걱정 많은 이 심정을

흔들어 주나

맹이야 꽁이야

너마저 울어

아이고나 요 맹꽁아

어이나 하리

위 노래는 박단마가 노래하고, 이부풍이 작사, 형석기가 작곡한 『맹꽁이 타령』 가사 1절이다. 열무김치 담는 6월이나 7월이면 님 생각 절로 나게 하는 노래이다. 그 님을 생각하게 하는 것이 맹꽁이 소리이다. 추억 속에서만 울고 있는 맹꽁이 소리가 아니다. 노래처럼 늘 우리 곁에 자연의 아름다움이 유지되어 깨끗하다는 물증의 소리로 들렸으면 좋겠다.

도시의 공원을 바라보면 조경이 아무리 잘되어 있고, 잔디밭, 조각상들이 그럴 듯 잘 어울리게 세워져 있어도 인위적 환경일 뿐이다. 사람 위주의 편의 시설로 공원을 만들다 보니 개구리나 맹꽁이들이 살아서 자연의 소리를 들려줄 만한 공간이 없다. 물론 생태 환경을 목적으로 조성되는 공원이 늘고 있긴 하지만 사람이 편하게 찾아가기에는 부담이 되는 거리이다.

이왕이면 도심 공원에 맹꽁이 소리와 개구리 소리가 들리는 생태 공원이 조성되면 좋겠다. 나처럼 매일 밤 창밖에서 들리는 맹꽁이 소리가 있어 행복한 사람들이 많아졌으면 한다. 그리고 이 맹꽁이들의 보금자리가 보존되어 그 모습을 오래도록 지켜볼 수 있었으면 싶다. 하지만 이것은 나의 희망 사항일 뿐이다. 언제 저 논밭이 개발되어 맹꽁이 소리가 사라질지 모른다. 맹~꽁 맹~꽁, 개굴개굴, 한여름 밤 사랑을 쟁취하기 위해 야단법석을 떠는 울음이었겠지만, 나에게는 그 울음소리가 나를 되찾아 주는 범성불이(凡聖不二)라는 말로 다가온다. 범인과 성인은 구별이 있지만 본성은 일체 평등하다는 말을 되새겨 본다. 맹꽁이나 개구리의 사랑이 사람의 사랑과 다를 바 없을 텐데 태어남이 미물과 속물의 차이를 띠니 늘 사람의 발길에 치이며 살아야 한다.

아무튼 나는 도심 곳곳에 들어서는 공원이 잔디밭과 정원수만 삐죽 심는 게 아니라, 맹꽁이와 개구리 소리가 들리는 생태 공원을 조성되기를 희망한다. 그 자연의 소리가 사람 사이에 끊이지 않는 삶의 공해를 막아 줄 것이라 믿기 때문이다.

아파트 이름에 대하여

　요즘은 아파트라는 공동 주택으로 산과 지역명을 기본으로 해 부르던 마을 이름들이 많이 사라졌다. 거기에 더해 도로명 주소로 바뀌면서 옛 지명에 대해 정확하게 기억하는 사람도 많지 않다. 마을과 마을마다 전통과 관습이 있고, 삶의 특징이 서려 있지만 아파트라는 공동 주택으로 주거 환경이 바뀌면서 그 관습과 샤머니즘적인 전통적 문화가 사라져 간다. 물론 일부는 보존되어 계승되고 있지만 이마저도 그 명맥이 보장되는 것은 아니다.

　아파트 이름을 보면 아파트를 짓는 건설사마다 그 이름이 다 다르다. 그러니 전국에 같은 이름의 아파트가 브랜드에 따라 무슨 시리즈 형태로 지어지며 불리고 있다. 아파트라는 공동 주택의 주거 환경을 탓하고 싶지는 않다. 다만 같은 시공사에서 서울 부산 대전 원주 등에 아파트를 짓는다고 해도 아파트 브랜드가 우선시되다 보니 번지수나 도로명은 보조적 역할밖에 하지 못하는 수준이다. 전국적으로 아파트 브랜드 위주의 명칭으로 마을이 도배되고 있다고 해도 과언은 아니다. 시인 협회 주소록을 보다가 아파트명을 지역 구분 없이 열거해 보기도 했다.

〈아너스빌, 주공아파트, 신시가지아파트, 호반가든하임, 신원 아침도시, 베르빌아파트, 백합아파트, 샘마을 한양아파트, 삼환가락아파트, 진흥아파트, 경동아파트, 위브어울림아파트, 목련아파트, 동서무학아파트, 그린타운아파트, 풍림아이원아파트, 아이파크아파트, 그린아파트, 푸르지오아파트, 코아루아파트, 샘머리아파트, 건영아파트, 자이아파트, 현대아파트, 베스트아파트, 리센트아파트, 한성아파트, 월드메르디앙아파트, 상떼빌아파트, 우성아파트, 신원아파트, e편한아파트, 이안아파트, 동성아파트, 칸타빌아파트, 대림아파트, 힐스테이트아파트, 선경아파트, 롯데캐슬

아파트, 보배아파트, 삼성레미안아파트, 센트럴파크하이츠
아파트, 그랜드아파트, 벽산부루밍아파트, 동원베네스트아
파트, 은빛마을, 다숲아파트, 부영그린타운, 두진하트리움
시티, 마젤란아파트, 더샵 엑스포, 푸른숨LH, 블루밍더클래
식, 참누리아파트, 한신휴플러스, 한라비발디아파트〉

전국적으로 참 많은 아파트명이 사용되고 있었다. 이런
현상에 대하여 마경덕 시인은 「집들의 감정」이라는 시에
서 "생각이 많은 아파트는 난해한 감정을 보여 주기도 한
다", "금이 가고 소음이 오르내리고 물이 새는 것은/ 집들의
솔직한 심정,/ 이제 집은 슬슬 속마음을 열기 시작한다"라
는 표현을 했다. 집이라는 것이 무슨 감정을 가졌기에 비싼
집, 싼 집으로 구분되어 부의 축을 기준 삼는 시발점이 되
고, 투기의 목적이 되어 버렸다. 매번 정부는 정권이 바뀔
때마다 집 없는 사람들을 위해 부동산 대책에 골몰하지만
만만치 않다. 일반 직장 노동자가 급여를 받아 집을 산다는
것은 이제 하늘의 별따기가 되었다.

이제 아파트도 감정을 가지게 되었다

푸르지오, 미소지움, 백년가약, 이 편한 세상…
집들은 감정을 결정하고 입주자를 부른다

생각이 많은 아파트는 난해한 감정을 보여 주기도 한다
타워팰리스, 롯데캐슬베네치아, 미켈란, 쉐르빌, 아르
크타워…
집들은 생각을 이마에 써 붙이고 오가며 읽게 한다
누군가 그 감정에 빠져 입주를 결심했다면
그 감정의 절반은 집의 감정인 것

문제는
집과 사람의 감정이 어긋날 때 발생한다
백년가약을 믿은 부부가 어느 날 갈라서면
순식간에, 편한 세상은 불편한 세상으로 바뀐다
미소는 미움으로, 푸르지오는 흐르지오로 감정을 정리
한다

서로 다르다는 것을 알기까지는
그리 오래 걸리지 않는다

진달래, 개나리, 목련, 무궁화 아파트는 제 이름만큼 꽃
을 심었는가
집들이 감정을 정할 때 사람이 간섭했기 때문이다

금이 가고 소음이 오르내리고 물이 새는 것은
집들의 솔직한 심정,
이제 집은 슬슬 속마음을 열기 시작한다

– 마경덕 시 「집들의 감정」 전문

아파트 한 채가 수십 억이 넘는다고 한다. 그러니 청년들
이 결혼을 하여 아이를 낳고 평범하게 살아갈 엄두를 내지
못한다. 아파트 이름만 보면 어렵고 복잡해 한국에 살고 있
다는 생각보다 딴 나라에 살고 있다는 느낌이 든다. 한글을
사용하자는 말은 한글날 하루뿐이다. 이름을 짓는다는 것
은 사람이 되었든 건물이 되었든, 동물이 되었든 사라지기
전까지 불려진다. 이름은 고유명사다. 얼마만큼 우리가 우
리 한글에 소홀히 하고 외면하고 있는지는 아파트 이름 하
나만 놓고 봐도 실감할 수 있다.

건설사들은 좀 더 근사하고 품격 있고 고급스러운 느낌이 있는 이름을 선호하여 선택하였을 것이다. 그러다 보니 영문 이름을 붙이면 그 뜻이 더 품위가 있고 고급스럽다는 생각에서 외래어를 사용했을 것이다. 우리 국민 취향이 한글보다는 영문 이름을 선호한다는 반증이기도 할 것이다. 이에 정부 정책이 한몫하고 있다고 본다. 영문을 쓰지 않으면 뒤처져 보이는 듯 정부 각 부처의 이름을 놓고도 한글 이름보다는 영어 약자를 조합한 이름을 더 선호한다. 한 예로 한국철도공사보다는 코레일(KORAIL)로 더 많이 알려졌고 또 사용되고 있다. 그러니 다른 부분은 더 말할 필요가 없다.

나의 걱정은 단순하다. 앞으로는 아이들이 태어나서 내가 사는 동네보다는 아파트 이름이 무엇이었냐는 것을 더 먼저 기억할 것이다. 솔직히 스테이크, 위브, 더 샵, 비발디, 베르빌 등의 이름만 기억할까 두렵다. 그래서 나는 한글이 대한민국의 보물이나 국보 1호여야 한다고 주장하고 싶다. 불에 타서 재건한 숭례문보다는 아무리 불이 나고, 지진이 나고, 전쟁이 나도 한글은 무너지지 않고 사라지지 않게 대한민국의 글자라는 것을 상징적으로 만들었으면 좋겠다. 더불어 건설사들도 우리글, 한글 사랑이 깃든 이름을 사용해 많은 국민들이 한글에 대한 애정과 사랑을 갖도록 배려하는 마음으로 아파트 이름을 지었으면 좋겠다.

아무리 힘들어도
희망의 바이러스는 반드시 있다

노동자 시인을 대표하는 시인으로는 박노해 시인을 손 꼽는다. 물론 노동자 시인으로 김해화, 故 김기홍, 최종천, 임성용, 표성배, 문동만, 백무산 등등의 현장 노동자 시인들이 있다. 이들 중에서 노동자의 자존감을 높여준 최초의 시인은 박노해 시인이라고 감히 말하고 싶다.

내가 박노해 시인의 시를 처음 접한 것은 1993년 『참된 시작』 1쇄가 발행돼 시집을 구입했던 때다. 문예지 부주간으로 있을 때 몇 번 박노해 시인을 만나 노동문학의 위치와 노동자의 삶에 대한 여러 질문들로 박노해 시인에 대한 특집을 만들어 보고 싶었으나, 여러 여건으로 박노해 시인에게 허락을 받지 못했다. 아직까지도 필자는 박노해 시인의 시집과 '숨고르기'라는 시 배달을 통해서만 박노해 시인의 마음을 접하고 있다.

세상에는 얼굴을 억지로 내밀어 알리고 싶어 하는 사람이 수없이 많다. 그러나 박노해 시인처럼 쉽게 얼굴을 드러내지 않고 존재감 그 자체를 거부하고 은둔하며 삶의 지평을 열고, 문학의 이상을 전하며 창작에만 몰두하는 시인도 있다. 나 역시 세상 밖으로 발걸음을 자주 내딛지는 않는다. 인터넷 공간에서는 수많은 사람과 소통을 하고 있지만, 직접 만나는 문인들은 많지가 않다. 굳이 작품집에서 읽는 작품 외에 특별히 할 말이 없다. 문예지 부주간으로 지낼 때는 작가들이나 시인들에게 원고 청탁도 해야 하고, 업무적으로 왕래를 했으나 내 능력의 부족을 느껴 직책을 내려놓고부터는 그도 왕래하지 않는다.

박노해 시인은 얼굴을 내놓지는 않아도 꾸준히 세상의 변화를 외치고, 인권과 생명, 자연을 보호해야 한다는 포괄적 삶의 근원을 글과 시와 사진을 통해 분출하며 살고 있는 시인이다. 전태일 열사가 몸으로 노동자의 찌든 삶을 세상에 알렸다면, 박노해 시인은 노동자의 마음이 어떤지, 어떤 정신을 갖고 사는지 알린 시인이다.

지금이야 노동 운동을 하든, 시민 운동을 하든, 표현의 자유가 보장되고 집회의 자유가 보장되니, 1990년 이전보다는 억압받지 않고 통제를 덜 받는다고 볼 수 있다. 하지만 1990년 이전에는 직장을 다니며 노동 운동을 하면 아예 빨갱이 취급했다. 노동 운동을 하는 사람 곁에 직장 동료가 함께 있는 것조차 감시의 대상이 되었다. 그러니 노동 운동을 하려면 스스로가 스스로를 이겨내는 마음부터 가져야 했다. 회유와 협박은 기본이고, 그 차별은 말로 다 말할 수 없었다. 진급에서 배제되는 것은 물론이고 잠깐만 업무시간에 자리를 비워도 그 사유를 꼬박꼬박 써내야 했다. 그런 시대에 만난 박노해 시인의 시집 『참된 시작』은 내게 희망의 불씨 같은 믿음을 안겼다.

저거 봐라 새잎 돋는다
아가 손마냥 고물고물 잼잼

봄볕에 가느란 눈 부비며
새록새록 고목에 새순 돋는다

하 연둣빛 새 이파리
네가 바로 강철이다
엄혹한 겨울도 두터운 껍질도
제 힘으로 뚫었으니 보드라움으로 이겼으니

썩어가는 것들 크게 썩은 위에서
분노처럼 불끈불끈 새싹 돋는구나
부드러운 만큼 강하고 여린 만큼 우람하게
오 눈부신 강철 새잎

– 박노해 시 「강철 새잎」 전문

　　세상의 선구자들은 모두가 용감했고, 그 선구자의 용기
는 늘 자기희생을 통해서 만들어진다는 것을 알게 되었다.
자기 자신의 몸을 세상의 밑거름으로 만들어 희망을 싹트
게 한다는 것은 그 시대의 성인이 아니면 행동할 수 없는
일이다. 박노해 시인의 시집을 읽으면서 새롭게 빛나는 새

날을 만들기 위해 암흑의 시절에 '강철 새잎'처럼 어떤 억압에도 굴하지 않고, 연둣빛 새잎을 피워내야겠다는 다짐을 했다. 그러나 결코 나는 내 다짐과 다른 의도가 담긴 일들은 하지 않았다. 노조 간부를 한다거나 요직을 맡는 일보다는 주로 글을 써서 조합원의 마음을 하나로 만들고 뭉쳐야 할 타당성을 앞세워 활동하는 데만 주력했다. 그 당시에는 서로가 '강철 새잎'처럼 서로 믿는 의리가 있었고, 정의가 살아 있어 믿음을 잃지 않았다. 요즘 세상은 그러한 암흑의 시절을 건너뛰고 무임승차한 사람들이 너나 나나 인권을 말하고, 표현의 자유를 말하며 목소리만 높이고 있다. 총칼을 들이대는 시퍼런 독재자 앞에서는 말 한마디, 구호 한마디 못 외쳤던 사람들이 민주주의라는 멍석이 깔리니, 장구 치고 북 치고 자기들 세상이 왔다고 춤을 추는 것이다. 그것을 보고 있으면 황망한 시대에 억압과 탄압, 고통의 시대를 살았던 박노해 시인의 정신이 얼마나 더 위대해 보이는지 모른다.

목사가 하느님을 팔아먹든, 스님이 부처님을 팔아먹든, 자유다. 그러나 말 속에 거짓과 오만과 위선이 가득한, 썩은 시궁창 냄새보다 더 고약할 냄새가 나는 말로 세상을 어지럽히는 짓은 삼갔으면 좋겠다. 얼굴 없는 박노해 시인이 30년 전, 어두운 노동 현장을 밝혀주었듯이 이제는 말보다 행동으로 세상을 구원해 주는 선구자가 나타나 주기를 바란다. 아무리 힘들어도 희망의 바이러스는 반드시 있다. 힘들고 어려울수록 희망을 말하고, 아픈 자를 품어주는 선구자는 힘들면 힘들수록 더 깊은 어둠 속에서 빛나게 마련이다. 밥그릇을 찾기 위해 팔뚝질을 하던 때와는 달리, 이제는 그 밥그릇을 도로 빼앗아가는 사람들이 팔뚝질을 하는 세상이 되었다. 그래도 희망의 바이러스는 꼭 이 세상의 고통을 물릴 것이다. 자유는 고통을 이겨내기 위해 있는 것이지 고통을 주는 자들을 위해 존재하지 않는다. 정희성 시인의 시가 오늘의 현실을 잘 담고 있다.

세상이 달라졌다
저항은 영원히 우리들의 몫인 줄 알았는데
이제는 가진 자들이 저항을 하고 있다
세상이 많이 달라져서
저항은 어떤 이들에겐 밥이 되었고

또 어떤 사람들에게는 권력이 되었지만

우리 같은 얼간이들은 저항마저 빼앗겼다

세상은 확실히 달라졌다

이제는 벗들도 말수가 적어졌고

개들이 뼈다귀를 물고 나무 그늘로 사라진

뜨거운 여름 낮의 한때처럼

세상은 한결 고요해졌다

– 정희성 시 「세상이 달라졌다」 전문

5월의 노래들

5월은 일 년 열두 달 중 가장 포근하고 아름다운 달이다. 나무들은 나무들대로 신록의 아름다움을 자랑하고, 들판은 들판대로 푸른 풀잎의 향기로움을 내뿜는다. 세상 그 어느 것보다도 자연의 싱그러움은 바라보는 것만으로도 행복하다. 이런 오월이면 풍금 소리에 맞추어 배우던 노래 몇 곡이 생각난다.

> 날아라 새들아 푸른 하늘을
> 달려라 냇물아 푸른 벌판을
> 5월은 푸르구나 우리들은 자란다
> 오늘은 어린이날 우리들 세상
> – 윤석중 동시, 윤극영 작사 「어린이날 기념 노래」 부분

낳실 제 괴로움 다 잊으시고

기르실 제 밤낮으로 애쓰는 마음

진 자리 마른 자리 갈아뉘시며

손발이 다 닳도록 고생하시네

하늘 아래 그 무엇이 넓다 하리요

어머님의 희생은 가이 없어

– 양주동 시, 이흥렬 작곡「어머님 은혜」부분

1

스승의 은혜는 하늘 같아서

우러러 볼수록 높아만지네

참되거라 바르거라 가르쳐 주신

스승은 마음의 어버이시다

아아 고마워라 스승의 사랑

아아 보답하리 스승의 은혜

2

태산같이 무거운 스승의 사랑

떠나면은 잊기 쉬운 스승의 은혜

어디간들 언제인들 잊사오리까
마음을 길러 주신 스승의 은혜
아아 고마워라 스승의 사랑
아아 보답하리 스승의 은혜

3
바다보다 더 깊은 스승의 사랑
갚을 길은 오직 하나 살아생전에
가르치신 그 교훈 마음에 새겨
나라 위해 겨레 위해 일하오리다
아아 고마워라 스승의 사랑
아아 보답하리 스승의 은혜

– 강소천 작사, 권길상 작곡 「스승의 은혜」 전문

5월이면 항상 듣고 부르던 노래다. 5월 5일 어린이날에 부르던 '어린이날 기념 노래', 5월 8일 어버이날에 부르던 '어머님 은혜' 노래, 그리고 5월 15일 스승의 날에 부르던 '스승의 은혜' 노래.

이 세 곡을 이루는 마음에는 세상의 모든 사랑이 다 담겨 있다고 해도 과언이 아니다.

아이들을 사랑하는 마음은 푸른 들판을 맘껏 뛰어놀고 꿈과 희망을 갖게 기르는 것이고, 어버이 은혜를 갚는 일은 땅과 하늘이 가닿을 만큼 그 사랑에 보답하며 사는 것이다. 그리고 바른길로 가라 가르치는 스승의 은혜는 평생 간직하며 살라 한다. 그러나 현실은 이 노랫말들처럼 나를 행복한 삶만 살게 하지 않았다. 가난을 벗어나기 위해 공장에 취직해 기계를 잡고 주야 교대로 일해야 했고, 지하 셋방을 거쳐 오늘에 이르기까지 숱한 시련을 안겨 주었다.

5월이면 자연은 그 초록의 물결을 내 가슴에 안겨 주는데, 그 초록의 물결처럼 따뜻한 마음을 단 한 번도 제대로 전하지 못하고 살았다. 꼭 나처럼 힘든 세상을 살고 있는 사람들에게 잊지 말라고, 그들을 위해 일 년에 한 번이라도 마음을 헤아려 보라고 이런 날들을 정해 놓은 게 아닌가 하는 생각까지 든다.

그 고마운 뜻을 잊지 말고 가슴에 새기며 살라고 말이다.

세월이 흘러 초등학교 친구 중 몇은 머리가 듬성듬성 빠지고, 또 몇은 손자 손녀를 보고, 나를 가르쳤던 스승은 이미 세상을 떠났다. 세월의 흐름에 친구들과 함께 이 노래들을 불렀던 시절의 그리움이 더한다. 올해는 나도 아들을 결혼시킨다. 기회가 되면 아들 내외와 함께 이 노랫말에 대한 지나간 추억들을 나누는 시간을 갖고 싶다.

5월은 가정의 달이라 하여 선물을 주고받느라 경제적 부담도 적지 않다. 이럴 때 경제적 부담이 없는 손편지라도 써서 마음을 전하면 좋을 것이다. 또 물질적인 선물보다 5월이면 생각나는 이 노래의 노랫말을 서로 나누면 사랑의 물결이 가슴에 차오르고, 그 따뜻한 마음이 담긴 손편지를 보내는 것은 받는 사람에게는 어떤 선물보다 소중한 선물이 될 것이다.

날아라 새들아 푸른 하늘을 달려라 냇물아 푸른 벌판을…, 낳을 제 괴로움 다 잊으시고 기르실 제 밤낮으로 애쓰는 마음…, 참되거라 바르거라 가르쳐 주신 스승은 마음의 어버이시다….

이 세 곡의 노랫말 속에는 우리가 어떻게 살아가야 하는지에 대한 삶의 이치가 고스란히 담겨 있다. 오늘따라 살아온 세월이 덧없이 흘렀음이 짙게 느껴진다.

크리스마스를 추억하며

20대 초반부터 40대 중반까지는 종교가 없어도 크리스마스 날이 가까워지면 카드나 연하장을 지인이나 친구들에게 보냈다. 그러나 컴퓨터가 일상화되는 시점부터는 크리스마스카드나 연하장이 아닌 이메일과 핸드폰으로 그 인사를 대신한다. 모두 편리성만 추구하다 보니 정성 들여 인사해야 한다는 마음을 버리고 살게 된 것이다.

1980년대는 음악다방과 고고장이 젊은이들 사이에 유행했다. 음악다방에서는 주로 팝송과 가요를 들었고, 고전음악다방에서는 고전 음악과 클래식 음악을 들었다. 나는 1990년까지 안양에서 생활했다. 크리스마스 날이면 통행

금지가 풀려 친구들과 밤새도록 돌아다녔고, 때에 따라서는 명동 거리를 기웃거리며 여러 명의 친구들과 함께 어울렸다.

당시에는 교회와 성당의 십자가나 종탑만큼 높은 건물이 많지 않았다. 어디서 보아도 교회와 성당에 설치한 크리스마스트리의 불빛이 반짝이는 아름다운 광경을 볼 수 있었다. 지금에야 곳곳이 가로등 불빛이 차지하고 있지만, 1980년대에는 도시의 번화가에 가야만 환한 불빛을 구경했다. 시대가 시대이니만큼 연말이 되어야 통행금지가 해제되었고, 그 때나 되어야 거리에서 젊은 혈기의 청춘을 불사르며 돌아다닐 수 있었다. 아마 베이비붐 세대 사람들은 나와 같은 추억을 떠올릴 수 있을 것이다.

또한 당시에는 많은 청년들이 시집 한두 권은 가볍게 손에 들고 시를 이야기했고 낭만의 거리를 활보하며 시인의 꿈을 꿈꾸었다. 나는 자연스럽게 김소월, 윤동주, 박목월, 박두진, 조지훈 등등 무수한 시인들의 시들을 외우며 편지글 속에 그 시들을 옮겨 적어 친구들에게 전하고는 했다.

그러던 중 1985년《현대시조》봄호에 시조로 추천을 받으며 데뷔했고, 그때 내 나이 스물네 살이었다. 시를 모르는 친구들에게까지 시를 이야기하며 아름다운 삶을 꿈꾸던 시절이었다.

계절이 지나가는 하늘에는
가을로 가득 차 있습니다.

나는 아무 걱정도 없이
가을 속의 별들을 다 헤일 듯합니다.

가슴 속에 하나 둘 새겨지는 별을
이제 다 못 헤는 것은
쉬이 아침이 오는 까닭이오
내일 밤이 남은 까닭이오
아직 나의 청춘이 다하지 않은 까닭입니다.

별 하나에 추억과
별 하나에 사랑과

별 하나에 쓸쓸함과

별 하나에 동경과

별 하나에 시와

별 하나에 어머니, 어머니,

어머님, 나는 별 하나에 아름다운 말 한 마디씩 불러봅
니다. 소학교 때 책상을 같이 했던 아이들의 이름과, 패
(佩), 경(鏡), 옥(玉) 이런 이국(異國) 소녀들의 이름과, 벌
써 아기 어머니 된 계집애들의 이름과, 가난한 이웃 사람
들의 이름과 비둘기, 강아지, 토끼, 노새, 노루, 프랑시스
잠, 라이너 마리아 릴케 이런 시인의 이름을 불러 봅니
다.

이네들은 너무나 멀리 있습니다.

별이 아스라이 멀 듯이.

어머님,

그리고 당신은 멀리 북간도(北間島)에 계십니다.

나는 무엇인지 그리워

이 많은 별빛이 내린 언덕 위에

내 이름자를 써 보고,

흙으로 덮어 버리었습니다.

딴은, 밤을 새워 우는 벌레는

부끄러운 이름을 슬퍼하는 까닭입니다.

그러나, 겨울이 지나고 나의 별에도 봄이 오면,

무덤 위에 파란 잔디가 피어나듯

이내 이름자 묻힌 언덕 위에도

자랑처럼 풀이 무성할 거외다.

– 윤동주 시 「별 헤는 밤」 전문

1980년 당시는 민주화를 외치며 많은 사람들이 성당과 사찰 등으로 몸을 숨겨 지냈기 때문에 성당이나 교회, 사찰 등은 자유를 열망하던 사람들 사이에 늘 요새로 통했다. 그래서 교회나 성당의 십자가가 더 눈부시고 빛나 보였다. 또 성당과 사찰의 종소리는 더 맑게 들렸다. 그러나 지금은 소음 공해가 된다 하여 도시에서는 종소리가 멈췄고, 특별한 날에만 종을 친다. 믿음의 크기보다 사람들 사이에 부의 상징 같은 건물들의 높이가 높아지다 보니 종을 쳐도 멀리 가지 않고, 십자가의 불빛도 다른 불빛들에 묻혀 빛을 잃는다. 옛 추억만큼 크리스마스는 모든 사람들의 가슴에서 타오르는 삶의 열정이 엿보이지 않는다. 내 종교가 아닌 타인의 종교에 대한 관심이 크지 않은 영향도 있을 것이다.

1980년 전, 후 우리 생활 모습들은 이제 영화에서나 보는 장면이 되었다. 양복점, 구둣방, 연탄가게, 쌀가게, 문방구, 양장점, 점방, 선술집 등에서 불빛이 새어 나와 어두운 골목을 아련하게 비추었다. 지금은 식당, 레스토랑, 편의점, 백화점, 마트 등을 이용하지만 당시는 연말이 되어서도 가족들과 외식 한 번 하기가 힘들었던 시절이었다.

세상이 격세지감이다. 불과 40여 년 세월이 흘렀을 뿐인데 세상의 풍경과 풍습이 송두리째 바뀌었다. 우리 사회는 도시화와 산업화로 경제적 발전을 이루었지만 반면 그 이면의 귀중한 많은 것들이 사라졌다. 백세시대라고는 하나 누가 100살까지 부양할 것이며, 100세까지 무엇을 하며 살 것인가. 수명이 길어지면서 근심과 걱정이 덩달아 많아진 시대가 되고 말았다. 어찌 보면 지금 우리는 우리 스스로 과거를 매몰시켜 놓고 미래만 바라보고 있는지도 모른다.

　내 과거가 침묵하고 있다. 사실 그 침묵은 나를 버리는 과정이었다. 연하장에 소중하게 담았던 인사말 한마디가 인연의 소중함을 일깨웠다. 그리고 많은 가르침을 주었다. 이제 크리스마스가 되어도 별 감흥이 없는 시대가 되었다. 종교를 떠나 자유를 찾고, 행복을 찾고, 이웃 간의 사랑을 찾았던 그 의미 있는 인사가 사라졌다. 크리스마스가 되어도 쓸쓸하기만 한 이유다. 이규리 시인의 시를 읽어 보면 '침묵'이 무엇인지, 그리고 그 '침묵의 시간'이 우리들 가슴을 얼마나 높은 담으로 가로막고 있는지 확인하게 된다.

　　사랑하는 사람이 침묵할 때
　　그 때의 침묵은 소음이다
　　그 침묵이 무관심이라 여겨지면
　　더 괴로운 소음이 된다
　　집을 통째 흔드는 굴삭기가 내 몸에도 있다
　　침묵이자 소음인 당신,

소음 속에 오래 있으면

소음도 침묵이란 걸 알게 된다

소음은 투덜대며 지나가고

침묵은 불안하게 스며든다

사랑에게 침묵하지 마라

알고 보면 아무것도 아닌 것,

건너편에서 보면 모든 나무들이 풍경인 걸

나무의 이름 때문에 다투지 마라

– 이규리 시 「알고 보면」 전문

한글은 소통의 말이다

우리가 쓰고 있는 한글은 1446년 세종대왕이 훈민정음을 반포하고, 1910년 최남선, 주시경 등이 '언문(諺文)'이나 '조선문자(朝鮮文字)'라는 명칭 대신 "한나라말"을 줄여 "한말"이라 썼다. 이후 우리 겨레의 말글이란 뜻의 "배달말글"이란 용어를 1913년부터 "한글"이란 이름으로 사용하여 지금의 한글이라는 이름이 되었다. 1927년 동인지 『한글』이 간행되면서부터 오늘날과 같은 한글이라는 이름이 보편화되었고 세종대왕이 훈민정음을 반포한 날을 기려 한글날이 지정되었다.

한글은 세계 어느 나라에서도 찾아볼 수 없는 소리음을

갖고 있다. 나는 한글이 우리나라 발전에 있어 소통의 장을 연 가장 커다란 공을 세웠다고 생각한다. 한글을 "국어"로 삼았기에 가능한 일이었다. 만일 한자를 지금까지 사용하였다면 이 나라 국민의 절반 이상은 문맹의 그늘에서 벗어나지 못했을 것이다. 조선 시대 사대부들은 기득권을 지키기 위해 한글을 천한 글이라 치부했다. 권력이란 이렇게 무서운 것이다. 한글을 반포하고 500년 후에나 일제 강점기를 벗어나 국어로 사용되었으니, 백성의 시련이 곧 한글의 시련이었던 것이다.

물론 우리말에는 한자가 빠지면 안 될 만큼 많은 부분이 한자의 뜻으로 이루어져 있다. 하지만 한자의 특성과 한글의 특성을 살려 그 의미 전달이 자연스럽다. 오랜 역사적 시간을 볼 때 한글의 발전은 국민 소통의 장을 확실하게 열었고, 지금에 와서는 한글이 대한민국의 국어라는 사실이 자랑스러울 정도로 발전하였다.

나라의 근간은 국민이고 국민이 행복한 삶을 영위하게 하는 것 중 하나가 그 나라의 말이다. 나라의 말은 그 나라의 고유한 글을 통해 이어지고 지켜진다. 입과 입으로 전해지는 구전 언어가 과학과 산업의 발달로 인해 빠른 속도로 사라지고 있다. 소수 민족이 사라지고, 부족 중심 사회가 사라지고, 그만큼 입과 입으로 전해지던 구전 언어의 보존이 어렵게 됐다.

한글은 입과 입으로 전해지는 구전적 언어들을 기록하고 그 뜻을 전하는 데 가장 적합한 말이다. 이에 최현배 선생의 '한글날 노래' 가사를 음미해 보면 우리 한글의 우수성을 한 번 더 확인할 수 있다.

강산도 빼어났다 배달의 나라
긴 역사 오랜 전통 지녀온 겨레
거룩한 세종 대왕 한글 펴시니
새 세상 밝혀주는 해가 돋았네
한글은 우리 자랑 문화의 터전
이 글로 이 나라의 힘을 기르자
볼수록 아름다운 스물넉 자는
그 속에 모든 이치 갖추어 있고

누구나 쉬 배우며 쓰기 편하니

세계의 글자 중에 으뜸이도다

한글은 우리 자랑 민주의 근본

이 글로 이 나라의 힘을 기르자

한겨레 한맘으로 한데 뭉치어

힘차게 일어나는 건설의 일꾼

바른길 환한 길로 달려 나가자

희망이 앞에 있다 한글나라에

한글은 우리 자랑 생활의 무기

이 글로 이 나라의 힘을 기르자

– 최현배 작사, 박태현 작곡 「한글날 노래」 전문

한글 학자로 일생을 사셨던 최현배 선생께서 한글날 노랫말에 분명히 그 뜻을 말하고 있다. 한글로 인하여 바른길 환한 길로 달려 나갈 수 있고, 한글이 있기에 희망이 앞에 있으며 한글은 우리의 자랑이며 생활의 무기이기에 "이 글로 나라의 힘을 기르자"고 말하고 있는 것이다.

1945년 해방 이후 대한민국이 한글을 국어로 정하였다는 것은 민주주의 그 이상으로 값진 일일 것이다. 서로가 통하는 말이 없으면 민주적 의사결정도 하지 못한다. 한글은 대한민국의 발전 전반에 국민과 국민 사이의 가장 확실한 소통의 역할을 하고 있다. 이러한 역할을 하기까지 한글의 발전을 위해 모진 역경을 이겨내고 한글을 지켜낸 한글 학자들의 희생이 없었다면 불가능했을 것이다. 그 중심에 최현배 선생이 창립한 '조선 어학회'가 있어 한글을 연구하고 일상생활에 사용할 수 있도록 발전시킨 중요한 역할을 하였다.

국어 대사전을 펼쳐 놓고 낱말 하나하나 뜻을 새기며 문학의 꿈을 키웠던 35년 전 나의 모습이 그 국어사전에 새겨진 낱말처럼 새로운 뜻을 품고 있다. 가능한 한 나는 쉽고 편안하게 의미 전달이 되도록 시와 시조 작품을 쓰고 있고 쓰려고 노력한다. 한글이 없었다면 나는 시인의 꿈을 펼치지 못했을 것이고 누군가가 나의 작품을 볼 수도 없었을 것이다.

나는 한글로 많은 사람들과 소통하고 있다. 외래어와 줄

임말이 성행하는 요즘, 소통의 의미를 지니고 있는 한글이 세대 간 불통의 의미를 낳고 있지는 않은가에 대해, 더불어 우리말이 주는 소중함을 다시 한번 생각해 보았으면 한다.

입학식

3월은 새로운 희망을 안겨 주고 생동감이 있어 좋다. 농부는 땅에 씨앗을 심기 위하여 땅을 갈아엎는 일로 희망을 만들고, 아이가 있는 집은 입학식과 새 학기를 통해 희망의 씨를 뿌린다. 나무들은 새잎을 틔우는 일을 시작으로 따뜻한 날이 올 것을 알린다. 그러나 '코로나19'라는 복병을 만나서 그런지 입학식이 예전처럼 설렘과 기대감에 들뜨거나 축하받지 못하고 있다. 괜히 희망이 움츠러들지 않을까 걱정이다.

입학식은 신입생이 모여 새로운 친구들을 만나고 운동장에서 교장 선생님의 말씀을 듣고, 담임 선생님을 만나 학교생활을 처음 시작하는 행사다. 요즘은 그런 입학식이 코로나19로 인하여 각 교실에서 모니터를 통해 비대면으로 진행되고 있다. 나무 한 그루를 땅에 심는 것도 흙을 파고, 그 속에 거름을 주고 물을 주며 무럭무럭 자라도록 하는데, 평생 입학식의 추억을 간직해야 할 때에 그 아름다운 시간마저 빼앗기고 있다는 게 슬프다.

지금
운동장(運動場)에는 초등학교 어린이들이 열(列)을 짓고
선생님의 말씀을 듣고 있습니다.

삐뚤삐뚤 삐뚤어진
일학년 줄에서부터
이학년
삼학년
사학년으로
층(層)이 지며 차츰차츰 잡혀져 가는
하나의 질서(秩序)가

오른쪽 마지막 육학년 줄에서

어엿이 완성(完成)되어 있습니다.

– 한성기 시 「열」 전문

이 시는 1969년 발간한 한성기 시인의 시집에 실린 「열
(列)」이라는 시이다. 필자가 입학하던 때의 모습이다. 옛 추
억을 떠올려 보면 입학식이 있는 날은 어머니들이 한복을
곱게 차려입고 입학식에 왔다. 왼쪽 가슴에는 손수건을 달
아 주어 막 입학하는 일학년임을 누구나 보면 알 수 있었
다. 선생님이 일일이 이름을 불러 주며 줄을 맞춰 주기도
하고, 고학년 형 누나들이 있는 형제들은 형이나 누나들을
찾는 눈길이 분주했다. 참을성이 부족한 일학년 신입생들
은 그 줄에서 단 1분도 서 있지 못하고 앉거나 울거나 옹기
종기 모여 낯선 친구들을 바라보며 세상에서 제일 넓고 큰
땅이 운동장이란 걸 실감했다.

입학식이 끝나고 교실에 들어가면 내 짝꿍은 누구일까
설레기도 했고, 낯설음과 긴장감에 오줌을 바지에 그대로
싸는 아이들도 종종 있었다. 어디 그것뿐인가. 모든 것이

별천지처럼 새로움을 안겨 주는 것들이 수없이 많았다. 요즘 아이들은 어린이집과 유치원을 다닌 후에 초등학교에 입학을 해서 그런지 질서도 잘 지키고 선생님과 어울리는 것도 낯설어하지 않는 것 같다. 입학하기 전에 한글도 떼고, 어느 정도 셈법도 마치고 내가 입학했던 시절과 비교를 해보면 초등학교 입학식이라고 생각되지 않을 만큼 이미 질서가 잘 잡혀 있다.

어떻게 생각하면 봄은 모든 곳에서 입학식이 이루어진다고 볼 수 있다. 내게는 농부들이 땅을 갈고 씨를 뿌리는 모습이며, 산에 나무를 심는 모습들이 모두 입학식처럼 보인다. 농부들이 땅에 씨를 뿌리는 모습과 산에 나무를 심는 모습은 예전과 크게 달라 보이지 않지만, 아이들이 입학을 하는 모습은 참 많이 변했다.

나는 가난한 시골에 살아서 그런지, 1969년 당시에는 책가방 대신 책을 보자기에 싸서 어깨에 둘러매고 학교에 다녔다. 그리고 고학년 형과 누나들의 손을 잡고 십여 리 길을 걸어 다녔다. 학교를 오며 가며 징검다리를 만날 때면

형들의 손을 꼭 잡고 건너거나 업혀 건넜다. 학교를 오가다가 개구리 뒷다리를 실로 묶어 마치 장난감처럼 놀이 삼아 놀았다. 혹시 걸어가는 길에 풀 속에서 뱀이 나오면 어쩔까 하여 작은 막대기 하나씩을 들고 다녔던 추억들이 아련하다. 어쩌면 이런 추억의 향수가 깊게 몸에 스며들어 있어 나는 자라며 글을 쓰게 되었는지 모르겠다.

내 아이가 입학하여 초등학교를 다니던 때가 바로 엊그제 같은데 벌써 서른을 훌쩍 넘긴 사회인이다. 내 나이 이순이 되어 새롭게 입학하는 아이들을 바라보니 만감이 교차한다. 감기만 걸려도 온갖 걱정을 다 하고 애지중지 키우는 것이 부모의 마음이다. 그런 부모들이 코로나19로 인하여 추억이 되어야 할 입학식을 딴 세상 일처럼 대하고 마스크를 씌워 매일 아침마다 차를 태워 학교 교문 앞에 내려주는 모습을 지켜보니 참 낯설다. 이 아이들도 자신들이 커서 입학하던 해를 떠올리면 코로나19 때문에 책상마다 투명한 칸막이를 설치하고 마스크를 쓰고 손에 소독약을 뿌리고 어깨동무도 못 하고 학교를 다녔노라 말할 것이다. 서로가 서로를 위해 거리를 두어야 했던 입학식을 아이들이 먼 미래에 어떤 이야기로 풀어놓을지 궁금하다.

　나도 내 아들의 아이가 내년에 태어나면 할아버지가 된다. 손자가 될지 손녀가 될지 모르겠지만, 그 아이가 입학식을 하게 되면 칠순을 코앞에 두게 된다. 반세기의 세월을 뛰어넘어 보게 될 입학식에서는 또 어떤 풍경이 펼쳐질지 나 또한 아이들처럼 기대되고 궁금하다. 입학이란 늘 새로운 세상을 향해 걸어가야 하는 그 첫 디딤돌을 밟는 일로 초등학교부터 시작하여 층층 학년이 올라 은퇴를 한 이후에도 우리들 삶의 입학식은 계속된다. 삐뚤삐뚤한 마음을 바로잡아 가는 모습은 초등학교 입학식은 물론 우리 삶의 입학식의 의미를 다지는 모습일 것이다.

반려동물에 대하여

나는 아파트에 산다. 그래서 집에 반려동물을 키우자는 의견에 항상 반대를 한다. 첫째는 반려동물에게 사랑을 줄 자신이 없다. 둘째는 살아 있는 것을 잘 관리할 수 없는 게 으름이다. 더욱이 지금까지 한 번도 살아 있는 동물을 집에 키우지 않았다.

반려동물의 귀여운 모습을 보면 한 번 키워보고 싶은 생각이 들 때도 있지만 내심 배설물 관리를 못할 것 같은 생각이 앞선다. 적어도 아이 하나를 집에서 돌보는 정성이 아니면 어렵겠다는 생각이 있어 더욱 자신이 없어진다. 그러다 보니 한편으로 반려동물을 키우는 사람들이 존경스럽다. 어떻게 저렇게 아름답게 관리를 잘할 수 있을까. 정말 부지런한 사람들이란 생각이 든다.

반면 일부 반려동물을 키우는 사람들의 모습을 보면 차라리 키우지 않는 게 낫지 않나 하는 생각도 든다. 공원에 함께 산책 나와 아무데나 볼일을 보게 하는 건 물론이고, 뒤처리도 하지 않고 가버리는 모습 때문에 반려동물을 키우고 싶다는 마음이 싹 사라진다.

특히, 어린이 놀이터에 반려동물을 데리고 가는 것에 대해 조심스럽게 의견을 내본다. 아이들이 모래놀이를 하고, 그네, 미끄럼틀, 시소 등에서 놀이를 하며 노는 장소이니 공공 위생이 지켜졌으면 하는 생각이 커서다. 놀이터도 모래가 아닌 곳은 눈에 확인이 되어 아이들의 위생에 신경을 쓸 수 있어 어느 정도 안정적이란 생각은 한다. 하지만 모래로 된 놀이터는 모래를 세척하거나 교환해 주기 전까지는 반려동물의 배설물을 아무리 잘 치운다 해도 어린이의 위생에는 좋지 않다.

개인적으로 금연 장소를 지정하는 것처럼 반려동물의 출입 제한 구역도 지정해 관리하는 것이 필요하다는 생각 이다. 적어도 그렇게 되면 반려동물 출입이 허용된 장소 내 에서만 반려동물과 함께 산책하고, 반려동물의 배설물 등 의 문제로 인한 불편도 해소되지 않겠는가 하는 생각이다.

반려동물은 정서상 사람에게 많은 도움이 된다. 개나 고 양이 토끼 등 반려동물을 키우는 것은 각자의 자유다. 그러 나 그 자유가 허용되는 공간도 각 개인의 공간에 한정되어 야 할 것이다. 그리고 처음 반려동물을 키우려고 다짐한 것 처럼 끝까지 책임을 져야 할 것이다. 한 해에 책임을 지지 못해 버려지는 반려동물들도 상당하다. 버려진 반려동물들 을 주로 다루는 텔레비전 프로그램이 방영될 정도니 우리 사회의 또 다른 아픔이 아닐 수 없다.

우리집 강아지는 복슬강아지
어머니가 빨래 가면 멍멍멍
졸랑졸랑 따라가며 멍멍멍

우리집 강아지는 예쁜 강아지

학교 갔다 돌아오면 멍멍멍

꼬리치고 반갑다고 멍멍멍

- 정동순 작곡, 김태오 작사 「강아지」 가사

위 동요는 누구나 한 번쯤 불러본 노래일 것이다. 강아지가 꼬리치고 졸랑졸랑 따라오는 모습은 귀여움 그 자체다. 빨랫감을 머리에 이고 냇가에 가 빨래하던 시대의 풍경이지만 그 모습은 그림처럼 아름다운 추억으로 떠오른다.

반려동물을 키우고자 하는 분들에게 다시 한번 부탁을 드린다. 반려동물을 키우는 그 순간부터 그 수명이 다하는 날까지 함께할 자신이 없다면 반려동물을 키우겠다는 생각을 하지 않기를 바란다. 그리고 키우려면 공공질서를 제대로 지키며 키워야 한다. 그리고 지자체 역시 반려동물을 키우는 사람이 증가하는 만큼 그 반려동물과 함께할 수 있는 시설이나 공원을 확충하는 일도 동시에 이루어져야 할 때다.

개인의 행복이 국가의 미래까지 밝게 만들기 때문이다.
행복은 작은 것들도 소중하게 가꾸어 나아갈 때 유지된다.
처음 마음을 내었을 때의 다짐으로 반려동물을 사랑하고
기르기를 바란다.

임영석

임영석은 1961년 충남 금산군 진산면 엄정리에서 태어나 논산공고 기계과를 졸업하고, 계간『현대시조』(1985년) 봄호에 2회 천료가 되어 등단했다. 1987년부터 ㈜ 만도에서 노동자 생활을 하다가 2016년 세상이 버리기 전에 먼저 세상을 탈출해야 한다는 마음으로 희망퇴직을 했다. 이후부터 지금까지 글만 쓰며 살아가고 있다. 시집으로『이중 창문을 굳게 닫고』(1987),『사랑엽서』(1990),『나는 빈 항아리를 보면 소금을 담아 놓고 싶다』(1992),『어둠을 묶어야 별이 뜬다』(2006),『고래 발자국』(2009),『받아쓰기』(2016),『나, 이제부터 삐딱하게 살기로 했다』(2020), 시조집으로『배경』(2008),『초승달을 보며』(2012),『꽃불』(2018),『참맛』(2020), 시조전집으로『고양이 걸음』(2018년), 시론집『미래를 개척하는 시인』(2016)이 있다. 제1회 시조세계문학상(2012), 천상병귀천문학상(2016년), 제38회 강원문학상(2019), 문화예술위원회(2009), 강원문화재단(2012, 2016, 2018, 2020), 원주문화재단(2018, 2020)에서 창작기금을 받았고, 산문집『나는 지구별을 타고 태양을 한 바퀴 돌고 있다』(2022, 문학연대)를 통해 지구별 우주선의 창문을 열고 세상을 바라보는 중이다.

나는 지금 지구별을 타고 태양을 한 바퀴 돌고 있다

초판1쇄 2022년 3월 7일

지은이 임영석
펴낸이 정용숙
펴낸곳 ㈜문학연대

출판등록 2020년 8월 4일(제 406-2020-000088호)
주소 경기도 파주시 헤이리마을길 24, 2층
전화 031-942-1179
팩스 031-949-1176

ISBN 979-11-6630-095-0 (03810)

만든이들 편집공방, 허정인, 변영은